魯迅『藤野先生』を5倍楽しく読む本

作画／張望（あわら市提供）

松井利夫
MATSUI Toshio

文芸社

ごあいさつ　藤野厳九郎先生を追憶する

浙江省人民対外友好協会　専職副会長　陳艶勤

私が親しくしている松井利夫先生の依頼を受けて、本書に「あいさつ文」を書かせていただきますことを、大変光栄に思います。福井県での私の留学時代を追想する拙文を皆様にお届けいたします。

私は藤野先生と特にご縁があります。一九八七年三月から一年間、福井市にある仁愛女子短期大学に留学しました。当時、仁愛女子短期大学の留学生は私一人でしたが、大学の皆様は大変温かく接してくれました。お昼は職員室でお弁当を食べることもありました。先生方はとても親切で、時々、アイスクリームやコーヒーまでおごってくださいました。

私の担任は藤野恒男という先生で、偶然にも彼は藤野厳九郎先生の親戚でした。雨の日には、先生は車で私を送迎してくださり、車の中ではいつも勉強のことや福井での生活について、心温まる話をしていました。

帰国後も私は父親に近況報告をする娘のように、ずっと藤野恒男先生と連絡を取り合っていました。中国の生徒は皆中学校の教科書で学んだ魯迅先生の『藤野先生』という作品を覚えています。藤野厳九郎先生は古風な考えの持ち主でしたが、留学生であった魯迅先生に対して特別な情《じょう》誼《ぎ》（好意、親しみ）を抱いておられ、それが多くの人、特に留学生達を感動させました。

一九八〇年代後期は、中国から日本への留学はまだ珍しかったのですが、私は偶然にも藤野恒男先生の元で勉強することになり、当時の福井新聞に中日師弟の美談として紹介されたこともありました。振り返れば本当に多くの福井の友人たちにお世話になりました。微力ながらその恩返しをしたいと思い、今日まで中日民間交流に力を注いでまいりました。

福井県の永平寺と浙江省の天童寺、藤野厳九郎と魯迅の歴史的な交流などのご縁があったお陰で、福井県と浙江省両県省は、経済、教育、人流・文化など多くの分野で実務交流を積み重ねながら交流成果を上げることができ、一九九三年には正式に友好省県関係を締結しました。福井県日中友好協会、福井県商工会、「中国浙江省から留学生を迎える会」など多くの福井県の民間友好組織の皆様は、積極的に役割を果たして交流関係を推進してきました。私は今日まで、国際交流活動に参加することができたことを大変誇りに思っております。

「中国浙江省から留学生を迎える会」は純粋な民間組織であり、会長は田中廣昌先生でした。この会の会員の方々は、私たちを福井でのイベント参加や旅行・食事会の体験のほか、いろいろなところへ案内してくださり、大変お世話になりました。

私は現在、浙江省で国際交流の仕事に携わっており、留学時代のさらなる恩返しとして、中国に留学している外国人が、中国（浙江省）地元での多様なイベントに参加していただけるように頑張っております。

ロマン風物詩の福井はときどき私の夢に出てきます。第二の故郷であります。コロナ感染が終息し、一日も早く福井訪問を実現し、お世話になった福井の古い友達、特に私の〝藤野先生〟藤野恒男先生と再会する日を期待しております。

陳艶勤氏は、一九九二（平成四）年四月から一年間、福井県庁（栗田幸雄《くりたゆきお》知事）「国際交流員」（初代）として勤務されました。本書に寄せてくださった中国語での「あいさつ文」を、陳先生のお許しを得て、少しわかりやすい日本語にしました。その原文を以下に記しておきます。

追忆藤野先生

受松井利夫先生之托，让我写有关〝藤野先生〟之书的序言〝感到非常荣幸〟特奉上小文追忆我的福井留学时光。

我与〝藤野先生〞格外有缘分，我１９８７年有机会赴日本福井仁爱短期大学留学。当时我留学时候，仁爱短大留学生仅我一人，因此格外受到照顾，中午经常在教职员工的办公室吃盒饭，老师们也很友好，偶而会请客吃冰淇淋和咖啡。我的担当老师叫藤野恒男，非常巧合的是他是藤野严九郎的亲戚。有时天气下雨，他会亲自用车接送我，路上聊天内容就有很多关心学习和生活内容，每每想起我总是感到很温暖。至今我一直与藤野老师联系，汇报我的生活和工作，犹如向父亲汇报情况的小孩一般，很是亲切。中国学生都记得在中学的课本里学习过鲁迅先生的〝藤野先生〞，笔下的藤野严九郎先生虽然很古板但对留学生鲁迅先生格外有情谊，感动了无数学子。上世纪八十年代赴日本留学还是一件稀罕事，我又能机缘巧合跟随〝藤野先生〞学习，还上了地方新闻福井新闻的报端，可谓延续了中日师生之爱的佳话。

80代后期开始，在福井县日中友好协会，福井县商工会，福井县留学生迎接会等众多民间友好组织友好人士们的积极牵线和推进下，得益丁永平寺和天童寺，藤野严九郎与鲁迅的历史渊源助力，浙江省福井县两省县在经济，教育，人文等众多领域开展务实交流，取得丰硕成果，１９９３年正式缔结友好省县关系。我作为留学生和国际交流员参与其中交流非常荣幸，两年时间在福井学习和工作，得到了无数友人的关照和指导。为日后从事国际交流打下了深厚的基础。能为中日民间交流助力也算是留学时代得到无数〝藤野先生〞教诲的报恩。

福井县〝留学生迎接会〞是纯民间友好交流机构，会长是田中广昌先生，该组织的很多热心会员经常带我去体验各种活动。留学生迎接会的夫人们尤其热心照顾，经常带我外出旅游和吃饭，还教会我许多待人接物的礼节。我目前从事国际交流工作，也会利用业余时间关心在中国生活的外国人，主要也是因为在留学期间得到很多认识友人们的无私关爱。

福井很多风物景色就像一首首浪漫诗歌，时不时出现在我的梦境中，是我的第二故乡。我期待早日有机会再访福井，去拜访受到关照的福井老友们，尤其是我的〝藤野先生〟藤野恒男老师。

はじめに

今から百年以上前の仙台で、藤野厳九郎教授（福井県芦原町［現・あわら市］出身）と魯迅（浙江省紹興市出身）との出会いがあり、その縁で芦原町と紹興市との友好関係の締結につながり、さらに、福井県と中国浙江省の友好関係が実現した。その活動の一環として福井県は毎年各分野から研修生を受け入れることになり、当時、私は福井県衛生研究所に勤務していたので、以後数名の研修生との出会いと交流がはじまった。今から約三十年前の話であるが、現在も主に公衆衛生学・環境科学等の分野以外にもいろいろな方面で交流を続けている。

また、先般、私は「藤野先生を継続的に顕彰する市民の会」を立ちあげ、再読『藤野先生』運動に取り組み、それなりの成果があった。この過程で『藤野先生』ほか多くの魯迅の翻訳本や関連論文を読んだ。『藤野先生』の時代背景を考えると、現代日本人・中国人にとっても遠い昔の出来事であり、簡単に理解できるものではないこともわかった。そこで、「仙台における魯迅の記録」や地元の「史料・資料」、さらにはこの二十年ほどの間の出版物・論文をまとめることで、「読解」の手助けとなるような解説本を書くべきではないかと考えるようになった。

本書は次の四つの考え方に基づいて書いた。
①まずは、これまでの先行研究などを要約する
②次に、最近二十年の間に発表された書籍や論文を紹介する
③さらに、中国人研究者からの書籍や論文を追加する
④最後は、藤野先生に関連しているが、あまり報告されてこなかったことを紹介する。
ところで、魯迅は多くの日本人に知られた文豪であり、一般には、小説家、文学者で、文学革命を起こしたことから現代中国文学の父ともいわれているが、偉大な教育者であったとの評価は日本ではあまり、知られていない。

また、『藤野先生』については、昭和二十八（一九五三）年新春の宮内庁の講書始に取り上げられている。現代も高校教科書に採用されているが、私の知る限り、知名度はいま一つの感があり、藤野先生を仙台出身と誤解している方も多いようである。

本書では、魯迅がなぜ、どのような理由で、藤野先生を師と仰いだのかをテーマに、多くの方に、魯迅の短編小説『藤野先生』に親しみ、楽しんで読んでもらえるよう工夫した。読者の皆さんの読解の一助になれば、著者としてこれ以上の喜びはない。


二〇二三（令和五）年五月　『藤野先生』を継続的に顕彰する市民の会　代表　松井　利夫

目次

第二章　「ことば」や「事柄」の説明・解説

二 仙台医学専門学校について

第三章　『藤野先生』の楽しい読み方

第四章　藤野厳九郎の生涯

第六章　魯迅の生涯

序章　読者の皆さんへ

『藤野先生』とは

『藤野先生』は、魯迅が仙台医学専門学校（以下、仙台医専）時代を振り返り、中国人としての苦悩と恩師藤野厳九郎教授との思い出を綴《つづ》って、約二十年後の一九二六（大正十五）年十月に発表した短編小説である。『藤野先生』の最初の原稿は中国人としての魯迅の悩みが中心であったが、文章を推敲する過程で藤野厳九郎の比率が大きくなっていき、現在のような作品になったとのことである。

本書の執筆方針

本書の「読解・解説」のレベルであるが、高校教科書

仙台医学専門学校（東北大学史料館提供）

に採用されていることを踏まえて、まず、高校生レベルを想定し、本文『藤野先生』の中の状況・文章・ことば等の説明や解説を行い、さらには、適宜、一般社会人向けの解説を加えていく。『藤野先生』は自伝的小説であり、すべてが事実・真実ではないし、誇張されたことや時間的な経過の矛盾、さらには、「事実ではないこと＝虚構」が書かれているとの指摘もある。しかしながら、だからといって、『藤野先生』の評価、価値が低下するわけではない。我が国には、現在までに十四編以上の翻訳があり、日本語訳が微妙に異なることには注意を要する。ちなみに、東京書籍と筑摩書房の高校用国語教科書の本文は「竹内好《たけうちよしみ》新訳」である。

『藤野先生』の要約

最初に、『藤野先生』を読んでいない方のために、私の「要約」を載せておく。

＊

魯迅は、桜の咲くころ、清国留学生として東京の短

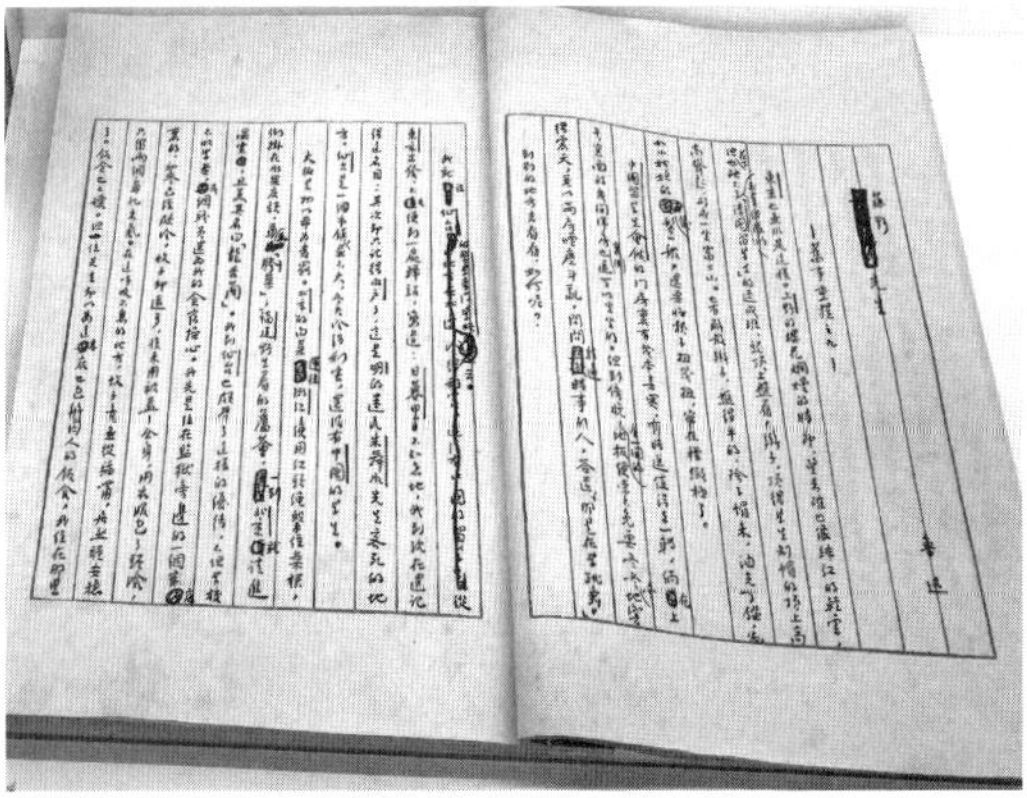

『藤野先生』原稿（著者撮影）藤野厳九郎記念館所蔵

期養成学校である弘文学院に入学した。東京の諸事情は清国とあまり変わらないと感じた。留学生の中には辮髪《べんぱつ》を「富士山」のようにてっぺんに巻き上げる者がいた。ダンスに興じ、遊び回っている彼らの状況を見るにつけ嫌になって、専門学校への進学を契機に東京を脱出し、清国留学生のいない仙台に行くことを決めた。

魯迅は医師を目指して、仙台医専に入学した。最初の下宿は監獄に隣接していたことから、別の下宿に移ったが、そこで出された「みそ汁」には閉口した。

解剖学の藤野教授は、眼鏡をかけ、八字髭《ひげ》をはやした、色の黒い痩せた人物で、身なりに無頓着であり、抑揚のある話し方をした。教卓に持ち込んだ専門書の中には、中国語に訳された西洋の本や、翻刻、翻訳された本があった。

藤野先生の授業が始まり、一週間後、藤野先生から解剖学の講義を書き取ることができるかと尋ねられ、授業ノートを見せるようにといわれ、提出した。返却された授業ノートには赤ペンでの添削があり、とても驚き、感激した。中国人は霊魂を敬う風習があるため、解剖実習を拒否するのではないかと心配したが、そのようなことがなく、安心したと藤野先生は魯迅に告げた。

ある時、藤野先生から纏足《てんそく》について質問され、魯迅は返答に窮した。

学年試験の結果発表があった。魯迅はクラスで中ほどの成績であり、落第ではなかったが、その後、クラス幹事から試験問題漏洩《ろうえい》の疑いがかけられたので、このことを藤野先生に報告した。この噂《うわさ》は幕引きとなったが、「中国は弱国で、中国人は低能児であること」（中国語原文ママ）を再認識させられることになり、このような事件は中国人自らが招いたことと魯迅は考えた。

細菌学の授業の余った時間に見た「幻灯」（映写。スライドのもとになったもの）の中に、日露戦争でロシア側スパイとして働いた中国人の処刑場面と、それを見物する中国人の様子の映写があった。いわゆる「幻灯事件」である。これを契機に魯迅は医学をやめて、「文学」の道に転向する決心をした。

魯迅は藤野先生に退学の旨を告げた時、「生物学をやりたい」と嘘《うそ》をいった。藤野先生は悲しい顔をしたが、先生は自分の写真の裏に「惜別」と書いて、魯迅に手渡した。魯迅は写真を自宅の壁に掛けて、それを眺め、タバコをくゆらせながら、「正人君子」に対して辛辣な風刺文を書き続けた。

『藤野先生』は時系列に書かれている

本文を場所別に見てみよう。
・最初の場面（一）は、留学先の東京「弘文学院」他である。
・（二）は、仙台医専の生活や授業風景である。ここは、①東京から仙台に向かい、下宿した頃のこと　②藤野先生との出会い　③試験問題漏洩事件　④幻灯事件　⑤藤野先生との別れ（惜別）の五つに区分できる。
・（三）最後は、帰国後、中国で執筆している時である。

『藤野先生』を理解するためのポイント

『藤野先生』を理解するには、それぞれの場所、そこでの主題（内容、心理・感想・主張等）を吟味し、考察しつつ、順次読み進めていくとよい。もし、難解なことば、文章等に出合った時は、一度、全体を読んだ後、再度、ゆっくり読み込んでいくようにするとよい。その際、本書が大いに役立つと思う。

また、本文を次のような七つの主題や場面を想定して読み進めることで、さらに理解が深まることだろう。これ以外にも分け方はあると思う。各自、考えてみてほしい。

①冒頭文（竹内好新訳）「東京も格別のことはなかった。」は、何をいいたいのか
②仙台行きを決めた理由は何か。医学を選んだ経過とその理由は何か
③誠実で熱心に指導をする藤野先生の人物像、性格等はどんなものか
④試験漏洩事件や幻灯事件に遭遇し、医学を棄て、文学へ転向することを決意した時の魯迅の気持ちはどのようなものだったか
⑤藤野先生から裏に「惜別」と書いた写真をもらった時の魯迅の気持ちはどのようなものだったたか
⑥藤野先生は「偉大な人格者である」と思った理由は何か
⑦帰国後、藤野先生への尊敬・感謝を新たにし、正人君子たちへの辛辣な文を作成したのはなぜか

これらの点について、詳細な説明、解説を順次書き進めていくことにするが、その前にいくつかの点について、簡単に説明する。

冒頭の「東京も同じだった」は、何かと比較している文であるが、中国と日本（東京）の間にはあまり差がなかったという意味だろう。

医学を選んだ理由等については、本文には書かれていないが、短編小説集『吶喊《とっかん》』の「自序」（以後、『吶喊 自序』と表す）に書かれている。よって、事前の知識習得が必要である。また、魯迅は日本の科学（医学などを含む）に憧れて留学したという事実も知っておく必要がある。「試験問題漏洩事件」と「幻灯事件」を経験した魯迅は、中国人の意識の低さや、中国人が低能であることを書きこみ、医学をやめて、文学への転向を決意した。その理由を、本文では中国人の精神構造を高めるためと書いている。ほかにも様々な理由がありそうだ。『藤野先生』でいいたかったことは、本文の最後に書かれている。すなわち藤野先生を尊敬し、「師と仰ぐ」こと、及び「勇気」をもらい、今現在、正人君子への文筆活動の意気込みを示していることである。

魯迅がどのような人物であるかを知っておく必要がある。ここでは簡単に述べるが、詳しくは第六章「魯迅の生涯」に記載した。

魯迅は、日本語はもちろん、ドイツ語、エスペラント語が得意であり、できるだけ多くの語学を習得することが重要であると考えていた。当時の清国支配者は満州民族であり、魯迅は漢民族であることも重要な情報である。

また、当時の社会経済事情や一般中国人の思想（主に儒教的考え方）、及び中国の歴史を知り、魯迅を含めた清国留学生（ほとんどが漢民族）の行動様式を理解しておく必要がある。魯迅は「中国の儒教批判」をしているのであって、多くの日本人が知っている儒教（あえていえば、日本的儒教）とは内容がかなり異なるので、その点も注意が必要である。

明治政府は西洋文明文化をできるだけ早く吸収し、西洋に追い付き追い越せとの基本政策を立て、学制（学校制度）や医制（医師資格取得や医学教育制度）を何度も変更した。明治中期に日清戦争で日本が勝利したことで、清国人が蔑視される風潮も生まれた。

魯迅が留学した頃は日露戦争が勃発し、清国が滅亡する直前ではあったが、清国政府は日本の明治維新を倣って列強国と対抗するための人材育成を考え、日本に留学生を送り込んできた。

魯迅は裕福な家庭に生まれたが、十歳代半ばで家が没落し、清朝末期には日本に留学することになった。清朝滅亡後は、軍閥政治、蔣介石時代、中国共産党の台頭といった激動の時代を生き抜いてきた。その結果、魯迅の多くの仲間・友人が処刑などで殺害された。魯迅は実力行使型の革命運動には否定的であり、文学を通して人民意識改革を目指した。

第一章　魯迅著『藤野先生』の説明と解説

一　東京の弘文学院での勉学

翻訳者によって微妙に異なる冒頭文の日本語訳

『藤野先生』冒頭の竹内好新訳は「東京も格別のことはなかった。」となっているが、翻訳者によって微妙に日本語訳は異なる。例えば、

渡辺襄訳「東京もかわりばえしなかった。」

松枝茂夫訳「東京もたいして変わりばえはしなかった。」

藤井省三訳「東京もどうせこんなものだった。」

駒田信二訳「東京も同じようでしかなかった。」

西本鶏介訳「東京も特別変わりはありませんでした。」

小田嶽夫訳「東京もまあこんなふうであった。」

立間祥介訳「東京も同じことだった。」
松枝茂夫・和田武司訳「東京もたいして変わりばえはしなかった。」
佐藤春夫・増田渉訳「東京も相変わらずであった。」
横田勤訳「東京も格別のことはなかった。」
原文では「東京也無非是這様」と書かれている。
藤田梨那《ふじたりな》教授によれば、二つの事柄の並列を表すので、「東京也」は「東京が他の地方と同様に」という意味である。また、「無非」は「ただ〜にすぎない」、「所詮〜にすぎない」という意味であるから、軽蔑のニュアンスを帯びる。「(中略)日本は中国と大いに異《ちが》う」とあることから、「日本は違っていると思っていたが、そうではなかった」との感想から、「期待して来た日本だったのに、首都東京も変わりばえしなかった」との気持ちを書いているという。
葛谷《くずや》登《のぼる》教授によれば、魯迅の原文は「東京」という語の後に累加の助詞「也」が用いられており、「是」の前には二重否定を示す語句「無非」が冠せられており、また、「是」の後ろには先行する文がないまま、いきなり「このようだ」という意味の指示形容詞「這様」が来ていることからこれらは自らの意識の中での了解事項をめぐって、思考の往還運動が際限なく繰り返されていることを感じさせる極めて難解な措辞であるとのことである。
また、比較対象の都市を、南京のことではないかとの解釈があり、大芝論文では「南京」とは書いていないことで、「失望」の気持ちが隠されていると解釈されている。

松枝茂夫《まつえだしげお》教授の注釈では「変わりばえはしなかった。」とある。この作品は自伝的回想集『朝花夕拾』の一編。同集「琑記《さき》」（著者註：琑末なことを記したものという意味）に「余す所はたった一つの道しかなかった。外国に行くことだ。（中略）日本は中国と大いに異う」とある。よって、期待して来た日本だったのに、首都東京も変わりばえしなかった、ということになる。

弘文学院速成班と嘉納治五郎について

嘉納治五郎《かのうじごろう》が創設した弘文学院は、清国留学生のための私設の教育機関で、日本の大学や高等専門学校に進むための予備校であった。その前身は「亦楽書院《えきらく》」といったが、その名の由来は、「友あり遠方より来る、亦《また》楽しからずや」の論語の一節の引用である。そこでは、大学や高等専門学校への進学も考慮して、化学や数学など、毎週三十三時間の授業があった。

この学院の組織などをもう少し詳しく説明する。後日、「速成普通科（二年間）」となったが、魯迅は前身の普通科（三年間：魯迅ら十名）に入学した。本文で「速成班」の名称を用いたのは、二年間に短縮されたことを示している。他に「警務科（二十七名）」「速成師範科（十九名）」があった。

第一学年の教科は日本語、地理歴史、算術、理科示教、体操、修身で、第二学年ではさらに、代数、幾何、理化、図画が加わり、英語もあった。毎週三十三時間であった。

二年間の週当たりの授業割合（％）をみると、日本語が四十六％、算術他が十七％、体操が十五％、理化他が九％であり、魯迅にとって新しい科目は日本語、理化、地理であり、ドイツ語はすでに南京で学んでいた。

嘉納は東京帝国大学を卒業し、一八九四（明治二十七）年に東京高等師範学校校長となった。近代日本を代表する教育者・漢学者であるが、一般には柔道の創始者として知られている。学校教育に体育を積極的に導入し、弘文学院でも「柔道」が科目に含まれている。講道館牛込分場に入門しており、周樹人《しゅうじゅじん》（魯迅の本名）、許寿裳《きょじゅしょう》なども入門している。弘文学院の松本亀次郎《まつもとかめじろう》は、「生徒に魯迅、厲綏之《れいすいし》（金沢医専卒）等がおり、日本語は相当程度のレベルであり、漢学の素養も相当にあった」と回想している。

清国（中国）留学生会館とは

魯迅は様々な場面で、意図的に、「清国」ではなく「中国（支那・シナ）」という言葉を用いている。先に書いたように、魯迅は、漢民族であるとの意識が強かったからである。例えば、「清國留学生」をあえて「中国留学生」と書いている。

「清國留學生會館」は一九〇二（明治三十五）年三月、神田区駿河台鈴木町に開設された。二階建て洋館一棟とその西側に日本式家屋二棟があり、洋館には八室があった。食堂、音楽室、図書室があり、朝七時から夜十時まで開館していた。

魯迅の明治日本留学について、若干の史実問題の再考察（潘世聖《はんせいせい》の論文から）

魯迅は弘文学院で日本語や普通課程の勉強に全力を尽くしていた。魯迅の弘文学院での日本語の勉強はかなりすさまじいもので、当時の同級生は、「普段毎日深夜まで一生懸命に勉強し、驚かされる程の意志力であった」と語っている。

勉強のほか、よく神田の古書店及び南江堂、丸善へ行き、限られた金を書籍雑誌の購入に使っていた。ちなみに、当時魯迅の「官費」が月三十三円であったのに対して、弘文学院の年間授業料及び寄宿費は三百円であった。

弘文学院での二年目から魯迅の活動は学校の勉学の範囲を越え、各方面に関心が及んだ。中国人への精神啓蒙・思想啓蒙・科学啓蒙の活動に力を入れ始め、祖国の危機、中国人の精神を救うために自らの力を、生涯を通して捧げることになった。

清国（中国）留学生について

清国政府は洋学振興を目的に、当初、米国、英国等のヨーロッパに留学生を送った。だが、日本の明治維新の近代化や日清戦争敗北、一九〇五（明治三十八）年の日露戦争の終結で、日本の軍備を含む近代化の成功を清国側は確信した。さらに同年清国が科挙制度を廃止したため、立身出世のステップとして留学の価値が付与されたことで、留学生が一層増加した。

かつての敵国日本へ「留学生」を送り込んだ最大の理由は、できるだけ早く強国になり、列強と対峙したかったからであるが、同じ漢字圏であり、距離的に近いことも要因であろう。留学生の送り込みは、日清戦争後に清国からの要請で始まった。一八九六（明治二十九）年当初の三年間は十数名であったが、一九〇二年は四百五十名くらい、一九〇六年は八千名以上となった。魯迅が留学した一九〇二年頃は、その先駆けの時期であり、魯迅らは弘文学院の第一期生であった。

ダンスについて

本文には、「あれはダンスさ」との記述がある。確かに「ドンドン」の文章もあるから、床をドンドン踏みつけるとの表現で、ほとんどの翻訳で、「ダンスの練習」の意味に訳している。しかし、葛谷登教授は、政治運動関連の視点で考えると、進むべき道について議論が昂じて留学生同士、組んず解れつのつかみ合いの喧嘩《けんか》になっている様を指していると書いている。

猪俣庄八《いのまたしょうはち》教授は、「いかにも感情をおさえて述べているのであるが、しかし、これは、俗悪な環境からの脱出を示す際に彼が好んで用いる表現法に外ならない」と述べている。以上の解釈は、少なくとも「ダンスイコール踊り」と全く関係ないことになる。

私は初めて『藤野先生』を読んだ時、留学生はなんて「ハイカラ」なことを行うのだろう、鹿鳴館時代の話に似ていると思った。そして、このダンスの種類はどのようなものか。日本で流行していた洋式ダンスのことだろうか、とも考えた。

清国留学生の生活態度について

魯迅は、弘文学院の寄宿舎生活者であった。本文の留学生は、東京に住む留学生を意味していると思われる。本文で、「その花の下にはきまって……」と書いて当時の留学生のだらしなさを指摘し、東京の留学生を嫌っていた。そのこともあって、東京を離れたいと思ったのであろう。

一方、日本政府もこのような清国留学生の態度（政治的、社会風土的、性的）に不快感・不満感を抱いていたこともあり、後に、清国からの要請で「清国留学生取締規則」を制定し、取り締まりに協力した。このため留学生と日本政府との間に争いが多発し、帰国者も多数出た。

日暮里についての各種解釈

一九八一（昭和五十六）年、駒田信二《こまだしんじ》教授は、「魯迅が仙台に向かった時、日暮里駅は存在していなかった」と述べたことで、「日暮里」や「なぜか思い出す……」が議論の対象になった。その結果、「日暮里」の文字の「日暮」から、日が沈む時の「物悲しさ」「さみしさ（寂しい）」をイメージさせ、「日本」と発音が似ているなどの解釈が生まれた。

上野恵司《うえのけいじ》教授は、魯迅の記憶違いではなく、「日暮里」といううら寂しい名の駅を通過して仙台へ向かったとすることによる効果を十分に計算したうえで、あえて「創作」したと考える。また、実はこの「日暮里」こそ、当時魯迅の心境を託すのに最適な言葉であったのではないかと書いている。

林叢《りんそう》（藤田梨那教授、国士舘大学）は、魯迅の愛用した「日暮」には、中国の淪落《りんらく》（意味：落ちぶれること、堕落すること）に対する哀愁、憂鬱の気持ちと離別を惜しむ心とが表されている。だからこそ、彼は日本の一駅名「日暮里」に感銘し、長い間それを覚えていたのであろう。それは、魯迅の複雑な心情とぴったり合った言葉である、と書いている。

谷博之氏は、「なぜだか」という言葉は、魯迅自身にあっては自明であり、しかもそれはわざわざ説明する必要がないと魯迅によって判断されたものの存在を暗示している、と説明している。

朱舜水（中国・明の儒学者）

朱舜水《しゅしゅんすい》（一六〇〇～一六八二）は、魯迅と同郷の浙江省紹興出身で、明時代の儒学者である。明は漢民族の王朝であり、清（満州民族）により滅亡させられたが、明の遺臣である鄭成功《ていせいこう》らは台湾に逃げ延び、明の再興を図るため、日本からの援助を得るべく、朱舜水を日本に派遣した。君主や王朝が滅びたのちも生き残って、遺風を伝えている民を遺民という。鄭らが南京攻略後、敗れて急死したこともあり、朱舜水は帰国が困難となったため、日本に亡命を希望し、水戸藩（藩主 水戸光圀）が彼を招聘《しょうへい》した。

魯迅はこのような朱舜水の行動に尊敬の気持ちを抱いており、瑞龍山《ずいりゅうさん》（茨城県常陸太田市）の朱舜水の墓所を訪れた。泊まった宿の帳簿に「清国」と書かず、わざわざ「支那」と書いたという。朱舜水は、中国では孫文と並び称される「二大革命家」であり、余談だが、「水戸ラーメン」の元祖は朱舜水といわれている。

魯迅の革命・政治への関与について

魯迅はいわゆる革命家であったかどうかについて、本文には直接的な記述はない。しかし、記録によると、浙江省出身の同郷人の革命団体「光復会」があり、そこには蔡元培《さいげんばい》のほか、章炳麟《しょうへいりん》や秋瑾《しゅうきん》などの過激な行動をとる実力行動派がいた。

魯迅はこの会に入会はした模様だが、積極的な参加ではなかったらしい。さらに、魯迅はいわゆる過激な革命家ではなかったため、幹部連中からの不満の声があった。このように、魯迅は（漢民族）民族主義者であったことは事実であるが、「革命家」といえるかどうかは、判断に迷うところである。

本文の「試験問題漏洩事件」に関わる文章の前に、「学年試験のあと私は東京へ行ってひと夏遊んだ」と書いてあるが、これは、夏に東京で孫文が中心となって「革命同盟会集会」を結成した時に、この集会に参加したことを暗示している。

魯迅の仙台行について（東京を去りたかった理由）

清国留学生の生活態度についてはすでに述べたが、その続きである。

魯迅は、中国人留学生から距離を置きたいと考えた。その理由を弟の周作人《しゅうさくじん》は、「魯迅は東京で清国留学生の生活態度などを見て嫌っていたので、東京を離れたかった」と書いている。魯迅自身、本文でも皮肉な口調で「清国留学生」の姿を描いている。自分と同じ中国人留学生の俗物性に嫌悪感を覚え、憂鬱や孤独を感じていたが、個人では変えられない現実に直面し、避けることにした。そして留学生のいない、北の町仙台に行こうと決意した。仙台に行くという行動の裏には、魯迅の寂しく悲しい思いが秘められている。

魯迅の東京での「生活」は、本を買いに外出する以外ひたすら学生寮で、翻訳も含め、勉強していた。

二　魯迅の医学への道

「金儲けのために医者になるのではない」

仙台医専入学の理由を考えるには、日本留学前の中国での勉学状況を考える必要がある。それ以前、魯迅は本国で「科挙」の受験勉強を行っていた。家が没落したことで、地元の紹興市内の中学への進学をやめ、南京にいた親戚を頼り、南京の江南水師学堂に入学した。だが、そこは魯迅が望んでいたことを教えてくれなかったので、すぐ退学した。その後、南京の江南陸師学堂附属鉱務鉄路学堂に入学し、そこで「鉱務」、すなわち地質採鉱を専攻した。

魯迅がこの頃に「医学」を目指していたかどうかはわからないが、どの方面へ進むか悩み、学校を探していたことは事実だろう。

①なぜ後に「鉱務」と関係のない医学を選んだのか

②なぜ日本の大学（帝国大学）ではなく、専門学校（帝国大学以外の上級学校の意味）に入ったのか

③なぜ東京を離れ、都会ではない仙台の医学専門学校に入ったのか

以上の三つの点について考えてみよう。

当然だが、①と②は少し関連がある。魯迅は非常に頭がよく、南京の学校時代から西洋の自然科学を勉強し、日本でも地質学関連の翻訳を行っている。自然科学系は彼の得意分野であり、また、小説家になっても、自然科学も大いに勉強すべきとの持論がある。

留学当初、魯迅は軍人養成の成城学校へ入学する予定であったらしいが、日本側は、魯迅は軍人ではないとの理由で入学を拒否した。そこで、やむを得ず弘文学院速成班への入学となった。このことは同時に、上級学校（第一高等学校、東京帝国大学）への進学が断たれたことになる。

当初、両江総督（著者註：江蘇省と安徽省とを合わせて「江南省」と呼び、江西省とまとめて「両江」と総称した。この地域の地方長官は両江総督である）の劉坤一《りゅうこんいつ》は、魯迅たちを弘文学院卒業後、東京大学採鉱冶金科に進ませる予定であったが、日本側の事情でできなかったとの記載もある。別の記載では、中国では母校での専門を継続して進学する人の方が少なかったらしく、この分野（鉱務鉄路）の必要性が弱くなってきたこととも影響している、とある。

この速成班は短期学習養成組織であり、大学入試用の勉強（物理・化学など）を十分教えず、日本語中心のカリキュラムであった。弘文学院の指導教官の江口氏は、工科、農科学校より、医系学校のほうが人数も多くて留学生に対する規制もないので、入りやすい利点があることを魯迅に告げた。魯迅自身、日本の医学の素晴らしさを知っており、医学の勉強が「西洋」方式学問の習得につながると考えたのだろう。

日本の医学の制度は、魯迅の日本留学前の年、すなわち一九〇一（明治三十四）年、文部省令第八号が発令され、各高等学校の医学部を独立させ、医学専門学校とするよう定めた。具体的には、千葉医専、仙台医専、岡山医専、金沢医専、長崎医専ができ、一九〇三（明治三十六）年の専門学校令によって、以上の五校は官立医学専門学校となった。他に、京都、愛知、大阪などの公立校も存在していた。

魯迅は高等学校専門部と同格の専門学校への進学を決めた。医専の場合、修業年限が他の専門学校より一年長く、大学と同じ四年間で、医師にもなれた。このようないきさつで、魯迅は「医学」へ進むことを決めたということになる。

しかし、厲綏之（著者註：浙江省の「西洋医学の父」と称されていた）側の記事は、「一九〇四年、弘文学院で日本語を学んだ時、魯迅の勧めを受け、一緒に医学を学ぶことになった。魯迅は、自分は金儲けのために医者になるのではなく、同胞の病苦を癒すために医者になりたいのだ。清国は私たちの留学費用を人民の金で出してくれたのだから、苦しんでいる人たちに報いるべきだと語った」としている。

最終的に仙台医専に決めた経過

次は、どこの医学専門学校へ行くか、である。東京近辺には官立の千葉医専があった。魯迅は、東京以外の金沢、岡山、仙台などを候補に考えたかもしれないが、最終的には仙台に決めた。その経過は以下の通りである。

当時、金沢医専に在学中の中国人留学生 王建善《おうけんぜん》（立才）から、東北地方の仙台医専は都会から遠く離れ、中国人留学生がいないということを聞いた。また、事前に、同じ浙江省出身で、すでに金沢医専に入学を決意していた厲綏之に相談した。つまり、二名の人物からの情報をもとに決めたのであろう。

私は、実際の魯迅の考えがどうであったか推測することはできないが、少なくとも留学した時に、弘文学院で日本語他を猛勉強していたことは事実であり、その後も仙台医専の授業で猛勉強しているから、「基礎学力」は十分にあったと思われる。後年、いろいろな執筆時、昔を思い出しながら当時考えていたことを書き綴ったので、混乱が生じたのかもしれない。

後年、藤野先生は魯迅の訃報を聞いて、「謹んで周樹人様を憶ふ」を書いたが、魯迅の医学選択の経緯を知っていたかどうかは定かでない。だが、「（周君は）今思ひ出しますと何でも医学の勉強が心からの目的でなかった（中ツタ）のでしたでせう」と書いている。藤野先生は当時のことを思い出しながら、魯迅の過去の行動などから、案外、そのように感じていたのかもしれない。これは私の単なる推測であるが……。

進学についてアドバイスしてくれた王建善（立才）

王建善（立才）は一九〇三（明治三十六）年十月、金沢医専に、最初の中国人留学生（聴講生）として入学を許可された。しかし、明治三十九年一月より無断欠席し、授業料滞納のため除名された。理由（退学処分の意味）は不明だが、稲葉昭二教授によると、一九〇五（明治三十八）年十一月の文部省令公布「清国留学生取締規則」に反対し、帰国したとも推測される。魯迅に「仙台医専」への進学（仙台　一九〇四年）などをアドバイスしたらしい。

尚、魯迅は一九〇四（明治三十七）年九月に入学し、一九〇六（明治三十九）年三月に退学している。

魯迅の刎頸の友・厲綏之（家福）

厲綏之は中国医学の第一世代、中国における西洋医学教育の先駆者、元清朝の医学者、有名な近代医学者、医学教育者、愛国民主主義者、社会活動家、浙江医科大学の主な創設者、杭州赤十字の創設者、初代総裁であった。浙江大学から「浙江医学の父」と称される。名家福、字綏之。

清朝十一（一八八五）年、杭州市銭塘生まれ。一九〇一年六月二十日、蔡元培が曲江学院を訪れた日の日記には、厲綏之との師弟の交流が特別に記されている。厲綏之と魯迅は刎頸の友であった。一九〇二年、厲綏之、魯迅、銭軍福、徐勝昌ら浙江省の学生たちは、清国政府の公費留学試験に参加するため、同じ船で北京に渡った。杭州の菜市橋で船に乗り、一ヵ月余りの疲れる旅を経て紫禁城に到着したという。その船上での日々、留学先についてよく話し合った。魯迅は、とても饒舌《じょうぜつ》だった。魯迅は一行に「日本へ行こう。外国人はみんな気性が荒く、無差別に人を殺したがっている」といった。日本は近いから、危険なことがあっても逃げやすいだろう。その結果、浙江省からの留学生のほとんどが日本へ行くことになった。

一九〇二年に一緒に来日した二人は、当初東京の弘文学院で日本語を学び、クラスも寮も一緒だった。一九〇四年に日本語を学び終えた後、魯迅の進言を受け、一緒に医学を学ぶことになり、金沢医専に入学・卒業した。一九一二年六月、沈順儒の支援により、厲綏之を初代学長とする医学者養成のための浙江医科大学（浙江大学医学部の前身）が厲綏之らによって創設された。

三　仙台での生活

仙台は寒かった。市民の中国人観

温暖な気候の浙江省紹興出身である魯迅にとって、仙台は寒いと感じただろう。また、一九〇五（明治三十八）年は日本の東北地方の天候が不順で、凶作の年だった。その後、豪雪に見舞われるなど大変な年だった。一九〇六（明治三十九）年は大凶作となり、年が明けると大雪になり、仙台市は凋落し、一九〇八（明治四十一）年には人口減少となった。多くの一般日本人の、日清戦争後の中国観は次のようなものであった。以下の文は『仙台における魯迅の記録』十六頁からの要約である。

①半開瀕死の老大国である。

②清国民の国民性＝不潔、拝金主義、個人主義、懶惰《らんだ》・嬾惰《らいだ》（なまけもの）、愚昧の民、劣弱な国民である。

③植民地的開発論＝開発が遅れている。資源豊富等である。

このことから、多くの日本人は、植民地経営、中国人教育が必要と考えたのであろう。

魯迅も日本に二年余り住んでいたので、このようなことは十分に感じていた。その感想は本文での「中国人は低能で……」との記述につながる。

当時の東京の人口は百六十二万人。仙台の人口は十万人で、全国で十一番目の中規模、軍事都市であった。十番は金沢市であった。ちなみに、仙台市内の森徳座で映画も上映され、文化都市でもあった。

医学校入学までの顚末

魯迅の入学までの顚末《てんまつ》を書く。四月下旬に仙台医専の生徒募集広告があった。五月十一日、清国公使から、「周（南洋官費留学生　弘文学院卒業）が入学を希望している（著者註：周とは周樹人＝魯迅）」旨の紹介文書が学校に届く。前例のない志願者であったが、入学許可の規定によると、

①清国公使の紹介があること
②施設に余裕があること
③日本の「中学卒」以上の学力を有すること
④校長の認定があること

五月二十三日に公使あてに「入学許可」を通知する。これを山形仲芸《やまがたなかき》（福井市出身）校長が即座に認可し、仙台医専は周を外国人留学生第一号と素早く決め、積極的に受け入れた。これを受け、六月三日頃、魯迅から入学願書などが届けられた。

医専の志願者は、医学科三百五名（魯迅を除く）、定員は百十名であった。地元紙

山形仲芸校長
（東北大学史料館提供）

に合格者名が記載された。九月十日には、すでに魯迅は来仙していた。十二日は入学始業式であったが、下宿先はまだ決まっていなかった。

魯迅の入学については、校長の山形仲芸の存在が大きく、入学決定や通知に関して十分に時間がなかったことも事実であり、魯迅の仙台医専入学は「外国人特別入学規程」及び「仮細則」の規定を最大限にいかして取り扱われた。魯迅は無試験で入学が許可された。当時の地元新聞河北新報に、魯迅の入学記事が出ていたので市民の知るところとなった。

入学の様子について

敷波先生（敷波重次郎《しきなみじゅうじろう》）が魯迅の学級の級長（著者註：現代風にいえば、学級担任の先生）であり、藤野先生（藤野厳九郎）は副級長（副担任）であった。解剖学の二人とは、この両先生を指す。魯迅は階段教室の前から二、三番列の中ほどで、席順は固定であった。講義は六十分単位で休み時間はない。授業は八時から始まり、十二時に午前が終了し、昼食は弁当持参、下宿に戻ったり、ミルクホールでパンを食べる者もいた。午後は一時から始まり、午後二時に終了。放課後は課外活動をする者も多かった。柔道や野球等の運動部や有志音楽会の演奏練習等の活動もあり、苦学生はアルバイトに精を出す者も多かった。本文に下宿先の変更のことが書かれており、そこに「ある先生」と婉曲《えんきょく》に書いているが、この「ある先生」とは藤野先生を指している。

魯迅の保証人（身元引受人）となった藤野先生

魯迅の入学の経緯からも明らかであるが、いろいろな面で特別扱いされていたようだ。藤野先生は魯迅の身元引受人となり、何かと世話をすることになった。同時に新しく入学してきた中に、大家《おおいえ》武《たけ》夫《お》がいた。大家は福井県金津町（現・あわら市）吉崎出身で、生家は北前船関係の仕事に従事し裕福であった。この地は浄土真宗蓮如上人（第八世宗主、中興の祖）が京都から難を逃れて、布教した有名な場所である。福井県民であれば何度も訪れ、お参りする名所である。寺院の裏山（吉崎御坊跡地）には、高村光雲の四大傑作に数えられる蓮如上人像が立っている。

藤野先生の生家とは直線で十キロ強であり、藤野先生も何度か「吉崎参り」を経験したことだろう。藤野先生は大家の身元引受人でもあり、卒業後、藤野先生あての大家の葉書が藤野厳九郎記念館に残っている。

授業内容について

魯迅の入学式の翌日の九月十三日火曜日から、授業は始まった。魯迅一年級の同級生は総数百四十八名であり、新入生は百十

藤野厳九郎記念館前
藤野先生と魯迅（著者撮影）

一名で前年度の落第生が三十七名だった。一年級の授業は、以下のとおりである。
①基礎医学の解剖学、組織学と三学期の生理学
②理科系の基礎科目として物理と化学
③一般教養科目のドイツ語、倫理学、体操
①と②が三分の二を占めた。一年級では基礎科目や理論に重点が置かれた。医学関係の課目は、解剖学が大きな比重を占めた。二年級では実習が行われた。
魯迅は蔣抑卮《しょうよくし》宛の手紙に、「学校の勉強はたいそう忙しく、毎日、息つく間もない」と書いている。さらに、授業の感想として、進度が速いこと、思考より暗記が要求されることなども書いている。当時は「教科書」はなく、学生は先生の講義を筆記しなければならなかった。藤野先生は解剖図を描くことが巧みで、筋肉や血管の図を赤や青のチョークで描き分け、それを学生に筆記させた。「周も描画はうまかった」と同級生の鈴木は語っている。

藤野先生の持参した教科書

入学式は九月十二日の午前に行われ、十三日から授業が始まった。敷波先生と藤野先生は、解剖学を分担し、敷波先生は解剖学総論・骨学等を、藤野先生は筋学、神経学等を担当した。解剖学実習などは、二年生の科目であった。『藤野先生』本文には、藤野先生の最初の授業を「骨学」と書いており、魯迅が記憶違いしているようだが、解剖学基礎科目と広く解釈すればよい。

藤野先生が教壇に持ち込んだ本として、いくつか考えられる。

その一つに、田口和美《たぐちかずよし》編集『解剖攬要』全十二巻（一八八一年七月、英蘭堂出版）がある。藤野厳九郎記念館に保存されている糸綴じ本である。田口は、わが国解剖学の父といわれ、明治二十六（一八九三）年、五十四歳の時には日本解剖学会の初代会頭、明治三十五年（一九〇二）六十三歳の時には日本連合医学会の初代会頭に就任するなど、常に日本医学界の先頭に立ち、医学の発展に生涯を捧げた人物である。

赤ペン添削と「不安と感激」の文について

本文中の「不安若しくは困惑」の語句について、考えてみた。

竹内新訳は、「持ち帰って開いてみて、私はびっくりした。同時にある種の困惑と感激に襲われた」。松枝訳は、「持ち帰って開いてみた時、私はびっくりした。それと同時に一種の不安と感激とをおぼえた」である。

藤野先生の研究室（東北大学史料館提供）

私は本文で使われる「不安（竹内旧訳）最新訳は（困惑）」の意味が全く理解できなかった。魯迅流の表現を借りれば、「私は能力が劣っていて日本語を理解できない」ということである。不遜にも「誤訳」ではないかとも思ったが、ほとんどの訳が「不安（困惑）」であった。そこで、まず、日本語の「不安」の意味を調べてみたが、「私は将来が不安だ」等の例文があり、人や社会の状態を示す場合に用い、その前提に「収入が無いから」等を充てることでより具体的になるとの説明であり、予想していた通りであった。

竹内の最初の和訳は「不安」であったが、後に、現在使用中の高校教科書にあるように「困惑」を用いている。いずれにしても、「不安（困惑）」の言葉が重要な意味を持つことは推察されたが、やはりよくわからなかった。

筑摩書房の教科書には、「ある種の困惑と感激」についてどのように考えたらよいかについての生徒への質問が提示されている。

ところで、高校で使用される教科書にあわせた予習・復習に役立つ自習書がある。教科書に出てくる問題についての考え方やヒントが書いてあるので、これを用いれば、能率よく、自主的に学習できる。筑摩書房版は、「学習書（協学出版）」、東京書籍版は、「教科書ガイド（あすとろ出版）」である。

そこで、「学習書（協学出版）」の解説を手掛かりに考えてみた。

要約すると、藤野先生による、一学生に対する過度の指導をどのように受け止めたらよいかわからなかった、という説明であった。当時は中国人を蔑視する風潮の中で藤野先生の示した親切を魯迅は素直に信じられずに戸惑いを感じており、そのような空気であったからこそ藤野先生の親切に魯迅は感動した。つまり、「日本人による中国人への過度の親切が信じられず」に戸惑ったということになる。ここでは、「困惑」は「戸惑った」との解釈になる。

東京書籍の「教科書ガイド」には、自分がこの先生の熱意に応えられるだろうかという「困惑」を感じ、同時に先生の温かい心のこもった丁寧な指導に感激したとの説明がある。

さらに、教科書以外の説明では、三宝政美《さんぽうまさみ》教授による論文「魯迅の『不安』」には、次のように書かれている。

学生間に藤野先生をコケにする・バカにする風潮があり、魯迅も最初、そのように考えたが、実は藤野先生は公平でかつ厳格であり、「学生間の評判」とは異なっていることを「赤ペン添削」で感じ、そのように考えたことに対して、「不安＝申し訳ない」と思ったとの説明である。つまり、「藤野先生への魯迅の評価の変遷したこと」を不安の対象としている。

不安＝申し訳ないについては、後で説明する。

なお、私は不安の「対象」を、次のように考える。魯迅はかなり頭が良いし、プライドも高い。講義内容を一生懸命に筆記したが、結果は「(日本語用法も含め) 間違いだらけ」と指摘され、医学講義も日本語を十分に理解していないことを認識させられた。その結果、授業についていけない・卒業できないかもしれないという思いが浮かんだ。同時に、一介の留学生を特別扱いし、中国医学界発展のための応援の添削行為への恩返し（さらに勉強して先生の指導に応え、良い点を取ること）の気持ちの芽生えを、「不安」の対象と考えた。

まとめると、「困惑・不安」は、以下のとおりである。

①先生の過度の親切に困惑した
②先生の熱意に応えられるかどうかに困惑した
③先生への評価が変遷したことに不安を感じた
④何事も十分理解していなかったことを認識させられ、同時に添削行為への恩返しをしたいと思った

ところが、多くの方（日本人、中国人、在日中国人など中国語専門家）から、和訳の「不安（困惑）」に関して私の疑問をぶつけたところ、意外にも多くの方から、このような翻訳（「不安」を用いること）で問題なしということである。その説明として、その前提（対象）は、本文には一切書かれていない。書かれていないということは、あえて書かなかったともいえるし、それを推測することを魯迅は期待していたとも考えられる。

読者の皆さんは、これで一件落着かと思われるかもしれないが、私はなぜかしっくりこなかっ

た。それは、①和訳のこと、②日本語としての使い方の二点である。そこで、不安の対象や前提が書かれていないにもかかわらず、「不安・困惑」の和訳が正しいというのはなぜかについて、さらに考えた。

原文は「我拿下來打開看時、很奢了一驚、同時也感到一種不安和感激」である。

現在の中国語の辞書に、「不安」について「平然としていられない」「すまないと思う」という意味があるので、「返してもらったノートを開けてみて驚くと同時に、恐縮する（申し訳ない）気持ちと感激を覚えた」という訳になる。確かに立間祥介《たつましょうすけ》教授の訳では、「心苦しさ」となっており、「不安・困惑」の言葉を用いていない。

村木久美氏によると、魯迅はノートを返却された時、非常に感激したが、これは、当時の日本の社会風潮から考えて、とても信じられない行為であったからであり、だから、「ある種の不安」を覚えた、と説明している。さらに、魯迅は、「ある種の不安」を抱えながら医学を志す気持ちと、「中国人民の精神構造を改革しなければ」という思いを併せ持っていたとし、さらに、作品名に実名を使ったことや事実に近い内容を淡々と綴っていることから、あえて「書かれていない行間」を作ることで、作品の内容を超えた魯迅のメッセージを託しているのかもしれないとしている。

以上から、私なりの結論（翻訳）を導いた。それは、翻訳であるので「意訳」は控えるべきで、言語に忠実に翻訳しなければならない、ということだ。本文に「前提・対象」のことが書かれていないので、そのような文章の追加もできない、ということである。私（松井）の解釈の他に二名の方の訳を紹介する。

私「持ち帰って開いてみてびっくりした。同時に、すまないと思いつつ、感激を覚えた。」

Aさん「返ってきたノートを開いてみると、びっくりすると同時に、後ろめたくありがたく思った。」

Bさん「返してもらったノートを開けてみて驚くと同時に、恐縮する（申し訳ない）気持ちと感激を覚えた。」

このように私を含め三名とも「不安」の言葉を用いていない。

参考までに、外文出版社（一九七六年）の英訳を添付する。

When I took them back and looked at them, I received a great surprise and felt at the same time both embarrassed and grateful.

学年末の試験結果について

魯迅は学年末試験の結果発表を見ていない。試験結果は夏休み直前、おそらく魯迅が上京する以前に発表されていたのではないかと考えられるが、そのことについて「仙台における魯迅の記録」に詳しい記載がある。そこには、魯迅は優秀であり、よく勉強ができたために、以下のとおりであったとある。

①試験結果が出ても、どうしようもない。見る必要もなかった
②東京へ急いで行きたいので、成績発表を待っていられなかった
③東京の友人たちとの再会を最優先した

東京には生涯の友人である許寿裳がおり、東京では日本の文学に触れ、読書三昧、古本購入、語学勉強・翻訳作業を行っていたのではないだろうか。いずれにしても、東京から戻った時に結果を見たのであろう。

魯迅の成績は、六科目平均65・5点、組織学72・7点、丙。生理学63・3点、丙。倫理学83・0点、乙。独逸学（ドイツ語）60・0点、丙。化学60・3点、丙。解剖学59・3点、丁。解剖学の成績は一学期、二学期、学年試験はそれぞれ60、60、58点で、平均点で59・3点、丁となって不合格だった。

点数を甲（90点以上）、乙（89・9～75点）、丙（74・9～60点）、丁（59・9～50点）、戊（49・9点以下）で区分し、丁が二科目以内で戊がなければ合格という規則によって及第となった。ただし、この成績表には記載誤りがある。正しくは、総平均点は65・8点、生理学は65点、倫理学は乙である。

魯迅は百四十二名中、六十八番目の成績で、進級できた。この時の学科別の落第状況は、生理学がもっとも落第者が多く、次いで、敷波・藤野先生の解剖学・組織学であるので、医学生の進

級が、解剖学の成績にのみ関連するのではないことは明らかである。

試験問題漏洩事件について

この事件は、魯迅による創作・フィクションであることは様々な資料から間違いない。『藤野先生』には学年試験の後、魯迅は試験問題漏洩の疑いがかけられた、とある。魯迅は疑いをかけられたと知った時、あることを思い出した。幹事の生徒が黒板にクラス会の通知を書いた時に「全員漏れなく出席されたい」と書き、「漏」の字のわきに丸印をつけたのである。魯迅は、それは自分へのあてこすりだったのだと後から気付く、という流れになっている。

少し話がそれるが、私は、既に英訳『Professor Fujino』を出版している。英語では漏洩の「漏」は「leakage」が適訳であるが、「without leakage」とは言わない。だから英語訳ではこのくだりを十分に表現できなかった。中国の原文では「勿漏为要」であり、こちらは四字熟語で、日本語では「漏れなく」という副詞であるという差はあるが、意味としては「全員出席せよ」となる。つまり、「漏」を用いる漢字圏の言語体系でのみ、意味を成すのである。

この漏洩事件について、同窓生の鈴木逸太氏によると、組織の名称は学生会ではなく同級会であったこと、幹事ではなく総代であり、鈴木本人がこの時の代表的立場＝総代であったという。また、そのようなことが噂になったかもしれないが、「単なる噂だった」と鈴木は証言し、鈴木自身の記憶にないことから、「フィクション」と考えられ、総代以外の誰かが、そのような行動を起こしたのかについても、「ない」と語っている。

この種の「試験問題漏洩」について、以下のような意見が出てくる。そもそも、魯迅は藤野先生の解剖学は「丁」の不合格であり、藤野先生から事前に出題箇所を教えてもらっただろうという推論は的を射ていないし、教えてもらわなければ、さらに点数が非常に低くなっていたとの邪推も、魯迅の成績がまん中であったことから、説得力はない。魯迅が、小説の中に「試験問題漏洩事件」を書いたことは、次に続く「幻灯事件」とともに、医学を棄て、文学に進むことを動機付ける内容である。

私が所有している中国製作映画「魯迅と日本」では、学生が魯迅宅に押し入り、「ノートを見せてくれ」と依頼し、その場でペラペラと見た後、去っていくシーンがあり、これらの人物は落第生、妬みをもっての行動との設定である。

一方、霜川遠志《しもかわえんじ》氏の演劇脚本では、落第生は魯迅の味方で、成績が中間層の学生が妬み集団との設定である。フィクションである以上、どのような設定にするかは脚本家の考えによるが、「藤野先生」を解釈するうえでとても参考になると考える。その後、例の手紙が届くのである。

「汝、悔い改めよ」について

『汝、悔い改めよ』は、『新約聖書』の「マタイ伝」第三章冒頭の文言である。この文章の直接的な意味は、「中国人は能力が劣っているから、試験に合格できるはずがないのに、合格できたということは、藤野先生から事前に問題を聞いていたからで、不正があったに違いない。よって、その行為を深く反省しろ」ということになるが、むろん根拠のない妬み・中傷である。

また、トルストイが日本の皇帝（すなわち、天皇）に書簡を書いた事実はなく、トルストイがロンドン・タイムス紙（一九〇四年六月二十七日付）に「戦争論」と題する一文を発表したにすぎない。よって、日本の新聞が「彼の不遜をなじり……云々」は成立しない。東京で発刊された社会主義新聞である「平民新聞三十九号」（一九〇四年八月七日付）には「トルストイ翁の日露戦争論」と題して解説付き全文が掲載され、「東京朝日新聞」（一九〇四年八月三日付）にはこのような事実・内容を「戦争を論じ、日露両国を罵る」と題して紹介したようである。

四　仙台医学専門学校を退学

退学の引き金になった幻灯事件

細菌学の担当であった中川愛咲《なかがわあいさく》教授は、米国・欧州等の大学に留学した経緯があり、学生に人気があった。講義は二年級第二学期から始まり、授業の最後に、時間の余裕のある場合、ドイツから購入した高額な「幻灯機」の映写があった。この時に、本文の「幻灯事件」が起こったとされている。

本文の記述では、ロシア側のスパイとして活動した中国人の銃殺処刑のシーンがあり、その処刑所の周りを中国人が取り囲み、見物している様子が描かれていたことになっている。そして、この幻灯映写を見ていた魯迅は、いたたまれない気持ちになり、教室から抜けだしたと書いてある。

ここで、まず二つのことを書いておく。一つは、このような事件が実際にあったかどうかである。もう一つは、このことは、短編小説集の『吶喊 自序』にも書かれているが、記載内容が少し異なる点である。

このような事件が本当にあったのか、ということだが、「本文の内容のような事件はなかった」との同級生による感想から、なかったと思われる。しかし、全くなかったかどうかは、謎《なぞ》のようだ。東北大学で日露戦争時局の幻灯のタネイタ十五枚が見つかったのだが、中国人処刑の場面は見当たらなかった。紛失したかもしれないので、これもなかった証拠にはならない。当時は、新聞や戦記雑誌「日露戦争実記」などにそういうことが書かれていたので、それが魯迅の記憶に残っていたのかもしれない。

二つ目は、『吶喊 自序』には、「打ち首」にされようとしている人を、見物している中国人は好奇心をもって眺めているだけとの記載があるが、「藤野先生」では「銃殺」とある点である。そして、この事件を契機に、魯迅は学業半ばで退学してしまうほど、話は急展開する。

余談になるが、我が国に「幻灯機」が普及したのもこの頃である。新聞に広告が掲載されたようだ。日露戦争が開始された頃から、日本各地で戦争に関する「幻灯」を見る風潮が起こり、

「幻灯会」という言葉も生まれた。ところで、原文は「電影」だが、むろん、現在のように映画を指すのでなく幻灯のことである。中国刊の「藤野先生」の原文（電影）に対して、わざわざ注釈をつけていることから、中国人への丁寧な説明と解釈できる。

魯迅はもともと「科学」が好きだった

日本での魯迅の紹介に「文豪」というのがよく使われるが、魯迅は作家であり、文学者であり、教育者（この場合、狭義・広義の両面）であるというのが正しい表現であろう。

魯迅が藤野先生を尊敬したのは、単に「医専で学生に解剖学を教えていた」先生といった狭い意味ではなく、「医師としての人間形成を考えていた」先生であったことが、魯迅に感銘を与えたからであった。

本文の医学を諦める会話の中で、「植物学をやりたい。（植物学には）解剖学も役に立つ」との提案に、藤野先生は「解剖学は役に立たないでしょう」と答えた。実際はどうであったのだろう。

魯迅は帰国後、学堂（著者註：中国では学校の意味）で「解剖実習」を生徒にやらせている。その意図は、古い孔子思想の否定であった。「古い間違った知識」の修正に、解剖学が十分に役立ったのである。また、魯迅は自ら「植物学・植物標本作成」を行っており、自然科学全般の習得は非常に重要と考えていた。

留学当初は、日本語習得が最大の目標であったが、同時に日本の上級学校に入学する目的もあり、最低限の自然科学（化学、物理学）の知識習得が必要だった。仙台医専では、解剖学などの医学系教科のほかに、理化学の授業もあった。

魯迅は幼い頃から、自然科学にも、文芸にも、その他あらゆることに関心をもち、かつ、よく勉強している。魯迅の弟の周建人は、「魯迅は植物学を勉強し、関心があった」と書いている。また、「仙台の学校において、植物学の講義を受けた」とも書いている。

本文で、退学の報告のため藤野先生を訪問した際、先生に「植物学を……」といったのは嘘をついたわけではない。学問・植物学が好きだったからだ。魯迅はもともと、「科学（サイエンス）」が好きだった。

医学を志望した動機

魯迅の医学志望の動機について、『吶喊　自序』には、「私の夢はゆたかであった。卒業して国に帰ったら、私の父のように誤診されている病人の苦しみを救ってやろう。戦争の時は軍医を志願しよう。そしてかたわら、国民の維新への信仰を促進させよう」と書いてある。その他、許寿裳著『回憶魯迅』には魯迅が纏足の女性を救う話が記載されている。つまり、日本留学以前から医学を目指していたことがわかる。「浙江医学の父」と呼ばれた厲綏之の「留学した頃、魯迅から医学の道へ進むことを勧められた」との文章もそれを裏付けている。つまり、魯迅も医学方面へ進み、厲綏之にも医学へ進むことを勧めている。

「棄医従文」の謎

一九〇四（明治三十四）年、弘文学院で日本語を学んだ厲綏之は、魯迅の勧めを受け、一緒に医学を学ぶことになった。厲綏之は、「魯迅は仙台医学専門学校は退学したが、医学の勉強は終生継続していた」と書いている。魯迅が医学の勉強をやめて文学を志したことを、いわゆる「棄医従文」というが、文学志向のために医学をやめたのであって、医学に対する思いは持ち続けていた。

このような動機であったが、一方では、後述するように、魯迅の弘文学院での「資料」によると、成城大学を目指したが変更になり、さらに、弘文学院の先生の「アドバイス」で、仙台医専に行くことになったとのことである。真実は謎である。

魯迅がなぜ医学の勉強をやめ、仙台を去ったのかの理由については、さまざまな解釈がある。本文では、同胞の処刑の幻灯画を見て、中国のかかえている問題を解決するためには、医学ではなく、まず民衆の心、精神の問題、社会を根本的に変えなければならないから、医学よりも緊急に必要なのは、文芸によって「国民の精神」を変革することだ、と魯迅は考えたとある。

これに対して、竹内は「これは、あまりにも直截的・一方的でわかりやすいとのことから、むしろ不自然なものを感じるとの指摘や、直ちに医学をやめ、東京に移るというのは、いかにも短絡・唐突である」と書いている。さらに、竹内は「もともと魯迅は文芸に興味を抱いており、それが好きであった。いくつかの習作、翻訳、作品などをすでに執筆していた。それが彼の心のなかで次第に大きくなり、この事件を契機に専門の転換を直接に促すことになったのではないか――こう見るのがもっとも自然であろう」と書いている。また、竹内は、「魯迅は、仙台で敗北し、絶望して、仙台を去ったのであり、医学を棄てたのではなく、伝記的事実と作品的真実を分けて考えることの必要性を説いた」と魯迅の伝説化へ批判の文章を書いている。

いずれにしても、本文には真の動機が書かれていないと解釈される。

医学から文学へ：惜別

『吶喊　自序』の文章を再度引用する。

魯迅は、父親の看病経験や仙台での勉強により、中医（著者註：中国医学の意味で、日本の漢方療法に近い）に疑問を抱き、また、現状の「劣性な中国民族性が将来も持続するという進化論的仮説」への医学的改良の誤りに気が付いたので、医学を学ぶという気持ちが衰え、医学は重要でないと考えるようになった。

さらに、『吶喊　自序』には、「私には医学は大切なことではない、およそ愚弱な国民は、たとえ体格がいかに健全だろうが、なんの意味もない見せしめの材料かその観客にしかなれないのであり、どれほど病死しようが必ずしも不幸と考えなくともよい、と思ったからである。それならば私たちの最初の課題は、彼らの精神を変革することであり、精神の変革を得意とするものといえば、当時の私はもちろん文芸を推すべきだと考え、こうして文芸運動を提唱したくなったのだ。」（藤井《ふじい》省三《しょうぞう》訳）と書いてある。

つまり、わかりやすい文になおすと、「中国人の精神構造を変えるには、医学ではできない」と考え、別の道（文芸・文学）に進むことにした。文学を通して、中国国民を啓蒙していくほうがより多くの国民の精神構造を変えることができると考えたのである。

最後の文章について

本文には「だがなぜか私は、今でもよくかれのことを思い出す。私が師と仰ぐ人のなかで、かれはもっとも私を感激させ、もっとも私を励ましてくれたひとりだ。私はよく考える。かれが私に熱烈な期待をかけ、辛抱強く教えてくれたこと、それは小にしては中国のためである。中国に新しい医学の生れることを期待したのである。大にしては学術のためである。新しい医学の中国へ伝わることを期待したのだ。（竹内好新訳）」とある。

この文章の原文は「漢文調」である。「小而言之」を書き下し文で書くと、「小にして之を言えば」となるが、口語調では「小にして言えば」（駒田信二訳）、「小さくは」（丸山昇訳）となる。この発言は、藤野先生の「熱心な希望、たゆまざる教え」についての意義であり、医学観である。

最後のパラグラフは、当然ながら、作者魯迅がもっとも書きたかったことである。ここで注目される言葉が、カッコ書きの「正人君子」に対峙する魯迅の姿勢である。ここでは「聖人君子」

ではなく、「正人君子」を用い、「正人君子」を強調している。正人の意味は、文字からもわかるように、「正しいことをいう・行う人物」である。

匿名で雑誌に社会批判を執筆した魯迅

私は当初、これらの人物（正人君子）を政治家と考えたが、別のところ『魯迅全集1　墳・熱風「題記」』に具体的な説明があったので、記す。

週刊「現代評論」は、資産階級の大学教授たちが刊行していた同人雑誌であり、一九二四年創刊、一九二八年に停刊となったが、ここに主に政論が記載された。主な執筆者は、王世杰《おうせいけつ》、胡適《こてき》、陳源《ちんげん》らであり、米欧の帝国主義、北洋軍閥及び国民党反動派と密接な関係をもっていた。つまり、彼らは帝国主義及び買辨資産者の代弁者であり、共産党の指導の下に労働者や市民などで結成された反帝国主義運動を批判し、革命の対象などへの皮肉としてこの言葉を用いた。「皮肉や諷刺を込めた文章」を書きながら、社会悪を批判したので、諷刺された側からの反撃や弾圧を避けるため、魯迅は何度もペンネームを変え、匿名にした。

渡辺襄《わたなべのぼる》によると「魯迅は心からの尊敬と懐かしさをもってこの文章を書き、読む人の肺腑を感動させる。魯迅の作品の中に、直接に師弟関係を論じたまとまった論文があったわけではないが、この随筆がもっともよく師弟の情誼を描きだした詩ではなかろうか」としている。魯迅が執筆し始めた頃から流行語になったのであろう。

第二章　「ことば」や「事柄」の説明・解説

一　仙台医専での学生生活

上野公園

一九〇二（明治三十五）年四月、章炳麟《しょうへいりん》（太炎《たいえん》）らが発起人となって、革命を目指す記念会が上野精養軒で開催される予定であったが、事前に情報が漏れ、集まった留学生は警察官によって追い払われた。一九〇六年、東京上野で博覧会が開催された時、魯迅はぶらりと散歩がてら出掛け、「七宝焼きの花瓶」を買い、紹興や北京に持ちまわったことから、魯迅にとって、上野は特別な場所だったのだろう。

鉄道の話（東北本線、常磐線）

小説を読む場合、当時の状況を知る必要がある。本書でも歴史、経済（物価）について書いてあるが、ここでは交通について書く。

明治初期は、海運に付随して陸運の新興が考えられていたが、日清・日露の戦争もあり、鉄道輸送に重点が置かれるようになった。東北方面の鉄道は、内陸部と海岸部の二系統で建設が進んだ。

内陸部路線の上野―仙台の鉄道（現東北本線）は、一八八七（明治二十）年十二月に開通し、上野―仙台間は一日六往復であった。東北本線は、もともと日本鉄道会社が建設した路線で、上野駅から青森駅までの線路、関東地方内陸部と東北地方内陸部を縦断して結ぶ路線であった。東北本線で、全線は一八九一（明治二十四）年に全線開通した（仙台までは、一八八六［明治十九］年には開通していた）。北の玄関口は上野駅である。

海岸線路線は、現在の常磐線である。常磐線は起伏が少なく、鉄道敷設工事も簡単であるので推進されたのだが、海岸線の欠点として、海からの「（砲弾）攻撃」に弱いことも議論になった。一八九八（明治三十一）年八月に全線開通し、所要時間は十二時間四十五分であった。

戦争での増税によって通行税が新設されることもあり、運賃は一八九〇（明治二十三）年、仙台―上野間で、上等：六円五十銭、中等：四円三十銭、下等：二円五十銭であった。常磐線で使用されていたのはボールドウィン社から輸入したものであり、日本鉄道ではBbt 2/5形（506–529）、国有化後に６６００形（6600-6623）と改称されている（wikipedia「国鉄６６００形蒸気機関車」より）。

魯迅が東北本線または海岸線（常磐線）を利用したとすると、明治三十八年の記録では、上野—仙台間の距離は三百五十キロ、料金は二円九十一銭（等級は不明）である。鉄道の所要時間はおおむね十時間程度、速度は約三十五キロ／時、日露戦争の影響で特別運行ダイヤが組まれ、一般用の運行数は制限された。

魯迅の鉄道利用について考えてみよう。魯迅は留学生であり、清国から多額の滞在費をもらっているので、資金があり、裕福であった。仙台滞在中に三度、東京往復を行っている。東京の友人（許寿裳）と会い、そこに寝泊まりした。詳細は、三宅俊彦著『東北・常磐線１２０年の歩み』（グランプリ出版、二〇〇四年二月）参照。

魯迅の仙台での学生生活

魯迅は、いっこうに変わりばえしない清国人留学生を嫌って、彼らから遠く離れて仙台に向かった。しかし、実際の魯迅の気持ち・心境はなかなか複雑だったようである。友人の蔣抑卮あての手紙（一九〇四年十月八日付）は、仙台に来て一ヵ月の魯迅が毎日をいかに過ごしているかを書いた重要な手紙である。その中で「中国の主人公からすこぶる遠く離れてしまった」と書いて、東京の清国人留学生たちから離れて仙台に来たことをさびしく思っている心情を吐露している。さらに、仙台の学生生活について、蔣抑卮あての手紙には「在校生たちはみなよくしてくれ、学校の待遇もまずまずです」と書いてある。詳細は『仙台における魯迅の記録』（仙台における魯迅の記録を調べる会編、一九七八年二月）を参照。

日本人と中国人の学生の違いについて、魯迅は友人への私信で、次のような興味ある文章を残している。「一日本人の同級生で、訪ねてくる者が少なからずいて、このアーリア人とつき合うのはおっくうなことであります。（中略）この数日間、日本人学生社会の中に入って、ほぼわかりましたところは、思想、行為の点では、中国青年の上には居ないときっぱりと言いきれることであります。ただ、社交の点では活発で、彼ら日本人のほうが長じていると言えましょう。」

魯迅は、日本人の優越感を「アーリア人」と称して、皮肉っている。だが、思想の面ではむしろ中国人のほうが勝るとも劣っていないと断言している。他方、しきりに東京での生活を懐かしく思うとも書いている。

魯迅の下宿

魯迅は、入学金・学費が免除されただけでなく、専門学校の先生や職員たちが食事や下宿の心配までしてくれた。当時の新聞によると、入学式当日になっても下宿先が決まらず、「支那料理をする下宿屋」がないかと探したとある（東北新聞一九〇四年九月十三日付）。下宿探しは職員たちが行ったようである。

最初の下宿は佐藤屋で、片平町五二番地（現在は青葉区米ケ袋一丁目）にあった。次の引っ越し先は、宮川宅（蔣抑卮あての手紙から「土樋町一五四番地宮川方」）で、宮川家には魯迅と同宿生たちとの写真が残されていた（一九〇五年九月頃撮影）。その写真は、同宿生たちの十年後を想像してみずからの手で髭《ひげ》をかきこみ、裏側に彼らの消息が書いてある。これを「ひげの写真」といい、東北大学史料館に保管されている。

魯迅と大家武夫他同宿者
（東北大学史料館提供）
この写真は「ひげの写真」といわれ、
下宿の主人が将来の姿をイメージして、
ひげを描き込んだ。
上段右：大家武夫、上段左：魯迅

監獄とは宮城監獄仙台分監のことで、確かに下宿と近い位置にあった。詳細は『仙台における魯迅の記録』を参照。

下宿での食事・食文化

だれしも生まれ育った場所の食事・食生活を懐かしみ、それを食することで心が落ち着くものである。中国料理は油料理が多くて、日本人には「胃もたれする」といった評価をされがちであるが、必ずしもそうではない。私の体験では、中国料理は食事時間が長いこともあり、そのようなことはあまり感じられなかった。

蔣抑卮あての手紙には、魯迅は下宿屋の佐藤屋のことを、全く劣悪で、毎日魚ばかり食べさせられていると不平を書いている。また、次に移った下宿での、芋がらの汁を美味しくないと書いている。これはサトイモの茎を干したものを汁（みそ汁？）の具にしたもので、宮城県の伝統料理である（山形では「からどり汁」ともいわれている）。汁といえば、日本人であれば「みそ汁」を連想するが、本文にはそのような記述はないし、さらに、魯迅は「みそ汁」が好きではなかったとの推測も成り立つ。

明治期の日本の食事状況は、白米に漬け物（たくあん）、みそ汁といったものが日常食であり、時々、魚類が提供される程度の粗食であったのではないかと考える。案外、下宿屋は魯迅の食事面に気をつかっていたのではないだろうか。そう考えると、「魚」が毎日出ること自体、馳走《ちそう》であったのではないだろうか。とはいえ、料理方法や魚料理など、魯迅の口には合わなかったのだろう。

さらに説明を加えると、芋がらの汁（からどり）の「からどり」とは山形県庄内や宮城（仙台）のことばである。名前の由来は、葉柄も収穫して食べるという意味の「柄取り」から来ているという。

「芋がらの汁」であるが、「芋がら」とは里芋の「葉」を意味し、葉を干さずに、そのまま料理することもあるようだ。シャキシャキとして美味しいらしい。魯迅は、この芋がらの汁がまずいと感じたのかもしれない。葉柄は一般的に「ずいき」と呼ばれ、生のものは皮をむいて茹《ゆ》でてからおひたしや和え物、煮物に使ったり、甘酢漬や炒め物にする地域もある。ちなみに、福井県嶺北地方では、里芋の茎は酢漬け（スコ）でしか食べない。スコは伝統料理でもある。当時、藤野先生は、スコを美味しくいただいていたのだろうか。

仙台時代の諸物価

魯迅は、仙台で窮乏生活を送っていたのではないことは強調しておきたい。彼の清国官費支給金は年四百円（月三十三円）で、下宿代はたったの八円だったし、入学金や授業料も免除されている。余暇には仙台市内の演劇場にも通ったりしている。日本人学生の仕送りが、月平均十三円から二十円、平均十六円であった。

具体的に見てみる。

仙台医専入学金一円。授業料三期で二十五円。未納は停学。

明治四十一年の学費・生活費調査によると、ひと月の全所要費は十六・六円。

魯迅は支給額ひと月三十三円。同級生のS氏は月二十円。普通の学生は月平均十六円であった。

下宿代は大きな部屋十二円。ふつうは八円。卒業後の医者の給料二十円。

牛乳配達の月給　三十五円。

通常　下宿代　八・五円

筆紙墨代　〇・六円
雑費　五・〇円　諸会費（郵税、新聞代、茶代、煙草代、靴、付属品、衣類、交際費等）
月謝　二・五円（合計十六・六円）
年間　第一学年　書籍代参考書　九・八二円
被服新調　二十三・三円

『私立弘文學院規則』第二十四條には「學生は寮費 教育費 書籍費 被服費 薪炭油費小遣其他の費用として一ヶ年金三百圓を前納すべきものとす」とある。

制服は神田鍛冶町三十九番地の尾張屋から納められた。夏服としては霜降小倉立襟背広 上下（三円三十銭）、白葛城ズボン（一円三十五銭）、白縮シャツ ズボン下 上下（一円三十銭）、麻脚半（五十五銭）、靴下（七銭）、帽子（一円五十銭）。冬服としては紺軍絨外套（八円七十五銭）、紺セル立襟背広 上下（六円五十銭）、縞綿フランネルシャツ ズボン下 上下（一円三十銭）などがあった。

『學生取締規則』第九條で「學生は授業及外出の際には制服を着用すべし。其他に於ては便宜の服を着用することを得」とされていた。

魯迅は絵がうまかった

本文に解剖図の描写のやり取りがある。

「ほら、君はこの血管の位置を少し変えたね――むろん、こうすれば比較的形がよくなるのは事実だ。だが、解剖図は美術ではない。実物がどうあるかということは、われわれは勝手に変えてはならんのだ。いまは僕が直してあげたから、今後、君は黒板に書いてあるとおりに写すんだね」

だが私は、内心不服だった。口では承知したが心では思った――。

「図はやはりぼくの描き方の方がうまいですよ。実際の形態ならむろん頭でおぼえています」（竹内好新訳）

このような会話について、解剖学者　藤野先生と芸術家　魯迅のものの見方・捉え方の違いと解釈した。藤野先生が描く、黒板の図は正確でうまかったとの学生の談話があるが、魯迅は絵心があって、少年時代から古書の挿絵を描き写したりしているし、弟子の増田渉あての書簡の中でもしばしば図をもって自作の解説をしたりしている。同級生も、魯迅は絵がうまかったことを証言している。

赤ペンで添削された魯迅医学ノート

明治時代の専門学校や大学では、黒板に書かれた文字や図表を正確に書き写す必要があった。当然ながら、教授の言葉（早口、外国語、方言など）がうまく聞き取れないこともあっただろう。授業に欠席した時などは、授業ノートを転写する必要があった。

魯迅は仙台で勉強した内容をしっかり「授業ノート」に保存し、特に藤野先生が赤ペンで訂正してくれた「魯迅医学ノート」を大切に思い、それを仙台で装丁し、永久の記念にするつもりであった。転居の時に紛失したと魯迅は思ったが、幸いなことに一九五一年、彼の故郷紹興で発見された。

本書では、「魯迅医学ノート」を用いているが、中国では「魯迅医学筆記」が使われ、暗色厚い表紙の全六冊である。北京・魯迅博物館所蔵の国家一級文物である。脈管学、骨学、局所解剖学、解剖学、有機化学などがあるが、診断学、病理解剖、細菌学、ドイツ語、物理学などのノートは保管されていない。

阿部兼によると「添削内容は、解剖学等の専門分野と、日本語文章表現や表記に関するものがある」という。また苅田啓史郎によると「藤野が伝えたかったこと、教えたかったことは、人体構造の不思議さであり、その内容を正確に理解することの大切さである」とある。これは、魯迅への愛情と厳格な指導態度の双方から出てくるものであろう。さらには、魯迅の解剖学の理解が浅い（坂井建雄《さかいたつお》［順天堂大学教授］談）のを藤野先生は心配したことであり、泉彪之助《いずみひょうのすけ》教授が書いているように、枝葉末節といった添削ではない。

下肢

本文の赤ペン添削に関わる記述で、「下肢について」の藤野先生の指導が書かれている。その

「下肢」について、ある和訳文では、下臂の臂は肘でなく腕であり、下腕を指すとの説明がある。しかし、解剖学専門の坂井は、この部分にぴたりと一致する医学ノートでの添削はないと指摘する。そして、①下腕ではなく下肢の大腿部の図をあげ、藤野先生による「注意 此図ノ外股廻旋動脈ハ内股ニ対シテ余リ細ク又其起リモ高ク過キル」という指摘は「まさに正しい」②もう一ヵ所、後頭部から背中にかけての動脈の図を「ほぼ相当」とすると判断した。

一方、茢田は、作品「藤野先生」にある「血管の位置をずらすことで美しく見える」という記述に注目し、前腕における「血管図」を最有力候補とし、次いで、大動脈の図が有力だと考えている。いずれにしても、魯迅医学ノート「血管学・神経学・局所解剖学」は講義を筆録したものであり、欠落部分はなく、図は板書の模写であり、美的センスのよさが目立つが、血管の位置をありのままに描くことの重要性を指摘されたことの意味に気づかない当時の魯迅がありのままに描かれていて興味深い。

藤野先生による魯迅のノート添削が始まった時期は、一週間後でなく二ヵ月後のことだと「藤野先生」の記述との違いを、坂井建雄教授が指摘した。さらに、骨学の担当は敷波教授で、藤野先生は担当していなかったが、単なる記憶違いであろう。

中国語「讲义（简体文字）」、漢字では「講義」について

藤野先生が魯迅の医学ノートを添削してくれたことが、予想外の波紋を引き起こした。原文に、

「讲义」が二ヵ所使われている。上野恵司の解釈によると、「最初の語の訳は講義（日本語そのままの意味）」であり、二つ目は、「（筆記した）ノート」になる。同じ中国語がかなり異なった和訳になる。

しかし、中国語辞典では「讲义」は、授業時に配付されるプリント、すなわち「教材」の意味であり、当時の中国の大学では、その時間の講義の要旨や時には講義内容の全文が授業の始めに配られることが多かった。これは、共通語が普及していない時代には、先生も学生も出身地が異なる場合、出身地の方言しか聞き取ることのできない学生もいたので、教授は予め「配付したプリント」を読み上げ、学生は文字を目で追っていくという授業形式があったらしい。

魯迅の仙台での勉強は役に立ったか

結論から書くと、魯迅は、「（仙台での勉強は）大いに役に立ちました」と言っている。その証拠として、魯迅は自分が浙江両級師範学堂で作成したテキストの話を書いていたことを、丸尾《まるお》勝《まさる》は論文に書いている。さらに、この学堂において、魯迅は担当の化学講義と生理学講義のテキストを自分で作成しており、これは『人生象斅《じんせいしょうこう》』（生理学講義）という形で『魯迅全集補遺続編』に収められている。

この『人生象斅』という本には、「生理学」、「人体の構造」と「人体の成分」が記載されており、ほかには「運動系」「皮膚」「消化系」「循環系及び林巴管」「呼吸系」「泌尿系」「五官系」

「神経系」等や、「体温」「代謝」「全体を通しての衛生」が書かれている。現代の生理学とは異なる構成であるが、図と表を付けて充実しており、基本的には現代のものとほぼ同じである。

また、生理学だけでなく、解剖学、衛生学、病理学、寄生虫学と豊富である。衛生、すなわち病気の予防に重点を置いている。さらに、運動を推奨して運動面からの病気の予防にも重きを置いている。特に青少年の病気の予防にも力を入れている。学生にとっては内容が充実していて、しかもわかりやすくなっている。

さらに、ラテン語やドイツ語も併記されていて専門性も高く、魯迅の教育・指導への思いが強く表れている専門書である。日本の生理学者もドイツの医学書をもとにして医学書を作成したが、魯迅もまた日本の医学書を参考にして編纂《へんさん》している。そして、この本には事実の世界が提示され、科学的で系統的で筋道だったものの考え方が書いてあり、旧来の儒教などの考え方や旧世界とは異なる新しい考え方、方法や世界に眼を向けさせてくれる。

仁井田陞「講書始」とは

講書始《こうしょはじめ》とは宮中行事の一環で、毎年一月に天皇の学問始（読書始）として学者による進講を行う。一九五三（昭和二十八）年二月五日（第七八二三号）、講書始の儀を行われ、日本学士院会員小泉信三は「福沢諭吉の文明論の概略について」、東京大学教授仁井田陞《にいだのぼる》は「魯迅の作品　藤野先生と阿Q正伝」、同萩原雄祐《はぎわらゆうすけ》は「最近の宇宙進化説」について進講した。アドリブは許されず、すべて、原稿を読むことになっている。まだ政情が不安定で、日中の国交もできていない時期である。内容は魯迅作『藤野先生』と『阿Q正伝』である。『藤野先生』のスパイ事件（幻灯事件）、『阿Q正伝』では自国民の無知・無自覚を扱っている。宮内庁に、原稿を事前に提示したが、変更はなかったとのことで、出版物（製本）として公表されているので、「全文」を読むことができる。

二　仙台医学専門学校について

仙台医専の沿革

一八八七（明治二十）年八月に、仙台に第二高等中学校が開校した。明治二十一年一月には山形仲芸が第二高等中学校教諭兼医学部長に任命され、四月に附属病院の宮城病院長を兼任することになる。その後、第二高等中学校の医学部から医系教育組織ができていき、東北地方の医学教育の中心となっていく。

仙台医専は、一九〇一（明治三十四）年に第二高等学校医学部が分離、独立してできたので、中学卒からすぐに専門教育課程に入ることができ、同年四月に山形は、校長心得となり、六月に正式な校長となった。そして、医専は高等学校（旧制）ないし大学予科を経ず、修業年限も四〜五年の、速成の医師養成課程という位置づけであった。山形は一八九七（明治三十）年から二年間ベルリン大学医学部への留学を命じられる。

同年十月に山形が藤野厳九郎を解剖学講師として採用している。

一九〇四（明治三十七）年、山形は無試験・授業料免除で周樹人（魯迅）の入学を認め、魯迅は九月に仙台医専に入学した。この年の医学科の学生数は、一年生：百四十五、二年生：八十六、三年生：九十、四年生：五十五、卒業者：五十七との記載があるが、学生数が減少するのは落第や経済的理由などであった。進級は極めて厳しかった。

仙台医専の授業

仙台医専の授業であるが、一年生は、解剖学理論・組織学理論、生理学理論実習、ドイツ学（語）、倫理学、体操、物理学、化学であり、二年生は、解剖学実習、局所解剖学、組織学実習、生理学、病理学、薬物学、内科学（診断学）、外科学（総論）、衛生学（細菌学理論）、ドイツ学であった。三年と四年は臨床系がほとんどである。

眼科、産科学、婦人科学、法医学など魯迅の入学に関する記事が、河北新報（明治三十七年七月十五日付）に掲載された。「清国留学生と医学校」他にも地元記事に紹介された。仙台医専には、撃剣部、柔道部、弓術部、野球部、庭球部があった。

学校の年間計画は、九月一日：第一学期開始・秋分（皇霊祭）、十月十七日：神嘗祭、十一月三日：天長節、十一月二十三日：新嘗祭、十二月二十四日：第一学期終了、一月八日：二学期開始、一月三十日：孝明天皇祭、二月十一日：紀元節・春分（「春季 皇霊祭」）、三月三十一日：二学期終了、四月八日：三学期開始、五月一日：開校日、七月十日：三学期終了であった。

当時の医学教育

当時の医学教育について説明する。附録の欄にも書いたので参考にしてほしい。

明治政府は、二つの帝国大学（東京、京都）しか大学医学部レベルの学校設立を認めてこなかった。ところが、一九〇七（明治四十）年に第三番目の帝国大学として東北帝国大学が設置され、仙台医専は一九一二（明治四十五）年四月に、勅令により東北帝国大学医学専門部に継承された。その一方で、医科大学も開設（一九一五［大正四］年）され、山形仲芸は医科大学長となる。二つの医学教育機関が併存し、同大学医学専門部は、最終的に一九一八（大正七）年に勅命で廃止され、医科大学は東北帝国大学同医学部（大正八年）になった。このため、医学専門部に所属する藤野先生は退職となった。

明治四十五年に同大学の医学専門部となったが、大学の上層部は、当面、医専を存続させてはいるが、そのまま新医科大（医学部）に移行させるつもりは全くなかった。言い換えると新医科大学は、医専とは全く別の組織として創られ、そこに適合する人材（教授陣）を外部（具体的には東大、京大出身者）に求め、これを医科大学の中核とし、旧医専のスタッフは、適格者（例えば学位を有する者。留学経験者）のみを採用する方針をとっており、その結果、旧医専から移行

郵便はがき

料金受取人払郵便

新宿局承認

7553

差出有効期間
2024年1月
31日まで
(切手不要)

1 6 0-8 7 9 1

141

東京都新宿区新宿1－10－1

(株)文芸社

愛読者カード係 行

お名前《ふりがな》			明治 大正 昭和 平成 年生 歳	
ご住所《ふりがな》	□□□-□□□□			性別 男・女
お電話番号	(書籍ご注文の際に必要です)	ご職業		
E-mail				
ご購読雑誌(複数可)		ご購読新聞 新聞		

最近読んでおもしろかった本や今後、とりあげてほしいテーマをお教えください。

ご自分の研究成果や経験、お考え等を出版してみたいというお気持ちはありますか。

ある　ない　内容・テーマ(　　　　)

現在完成した作品をお持ちですか。

ある　ない　ジャンル・原稿量(　　　　)

書　名			
お買上 書　店	都道　　　　市区 府県　　　　郡	書店名	書店
		ご購入日	年　　月　　日

本書をどこでお知りになりましたか?

1.書店店頭　2.知人にすすめられて　3.インターネット(サイト名　　　　　)

4.DMハガキ　5.広告、記事を見て(新聞、雑誌名　　　　　)

上の質問に関連して、ご購入の決め手となったのは?

1.タイトル　2.著者　3.内容　4.カバーデザイン　5.帯

その他ご自由にお書きください。

(　　　　　)

本書についてのご意見、ご感想をお聞かせください。

①内容について

②カバー、タイトル、帯について

弊社Webサイトからもご意見、ご感想をお寄せいただけます。

ご協力ありがとうございました。

※お寄せいただいたご意見、ご感想は新聞広告等で匿名にて使わせていただくことがあります。

※お客様の個人情報は、小社からの連絡のみに使用します。社外に提供することは一切ありません。

■書籍のご注文は、お近くの書店または、ブックサービス(0120-29-9625)、セブンネットショッピング(http://7net.omni7.jp/)にお申し込み下さい。

できた者は十六人中たった六人であった。

藤野先生や魯迅に大きな影響を与えた山形仲芸

山形仲芸校長は、仙台医専の最高責任者であった。魯迅の入学を認めた責任者でもあることから、大きな権限を持っていたことは間違いない。本文では「校長」の記述はないが、藤野先生や魯迅に大きな影響を与えたことだろう。当時四十五歳であった。

福井県（越前藩）の出身で、福井県立藤島高校同窓会「明新会」には、「福井中学」の前身校である越前藩校「明新館」の卒業生欄に名前がある。東北地方の明治期の医学の草分け的存在であったことは事実であるが、詳細な記録がなかった。今回、福井大学の沖久也教授が投稿した論文（平成三十年に地元の「郷土誌」）を偶然、見つけた。いろいろお聞きしたかったが、沖教授は二〇二一（令和三）年一月に死去された。

沖教授が投稿した論文をもとに紹介する。

山形仲芸は一八五七（安政四）年十一月十五日（十二月二十日）に、現在の福井市宝永一丁目で生まれた。当時、越前藩校が存在し、この藩校にアメリカから優秀な先生、ウィリアム・グリフィスが招かれた。福井滞在は九ヵ月と短期間であった。グリフィス先生が東京大学へ移った時、追いかけるようにして上京した。その後、東京大学医学部に進学し、同期生には森鷗外などがいた。山形は外科を専門とし、卒業後、「医学士」の称号を得て、岡山の医学校に赴任した。岡山時代（一八八一〜一八八八）で七年間余り過ごす。「医学教頭山形仲芸が病院副院長及び一等医となる」とある。

その後、岡山での実績が認められ、仙台の第二高等中学校教諭兼医学部の部長に抜擢《ばってき》され、東北地方の医学教育の中心をなす学校の運営を任された。一貫して組織の長を務めた。仙台に赴任し、仙台医学校の校長就任前にドイツに留学し、帰国後、仙台医専の校長になった。

一九〇五（明治三十八）年七月、医学博士の学位を得る。

現在の東北大学医学部の黎明期から東北帝国大学医学部の時代まで、三十年余にわたって組織の頂点にあり、現在の東北大学医学部の創立期の祖といわれている。彼の優れた組織力のみならず温厚な人柄によるものと思われる。こうした功績は、山形が仙台市のみならず東北地方の医教育界、医学会の最高権威であり、もっとも信頼されていた人物であったことを物語っている。

語り草となっている山形校長の名講義

藤野先生も魯迅も教育者であったが、山形もまさに教育者であった。学生の感想などの資料はないが、大正五年頃の学生の感想が『東北大学五十年史』上巻に載っている。「その講義は漢文調の名調子で音吐朗々で、ワッセルマン反応を「水人氏反応」、頭部を「ヅブ」などといったことからノートを取るには閉口したという。そこで学生は講義の是正方を申し込みに先生宅を訪ねたが、かえってご馳走になり謡曲などを拝聴して引き下がったという。

卒業生の半沢正二郎の話として「先生は呑兵衛のほうであったが、学校の講義は真面目なものであって、早口にベラベラと難解な学術語を述べて、ノートするのが大変難しかった」というものがある。山形の講義は真面目になされていたようだが、どうも学術用語なども明治期の古いものを使っていて、早口であり漢文調なところがあるが、一方で自宅を訪問できるほどに学生との距離が近く、慕われていた教師であったようだ。

山形の言葉に「学然後知不足、教然後知困」（学びて然る後に足らざるを知り、教えて然る後に困しむを知る）というのがある。これは、学ぶことによって自分に欠けているところがわかり、教えることによって自分の未熟なところがわかるという意味である。さらに解釈を付け加えるならば、「もっとも学びが大きいのは、教えられる側ではなく、教える側である。責任感がある人であれば、教えるのにいい加減ではダメだ」ということである。

『東北大学百年史』

山形は、東北帝国大学医学専門部の主事（著者註：学長）と、東北帝国医科大学の学長兼教授であったことで、人事にも関係していた。一九一六（大正五）年四月に医学専門部を辞することになったが、東北帝国医科大学の学長は継続した。しかし、この医学専門部も一九一八（大正七）年に廃止となったので、すべての医学系業務から身を引くことにした。理由は、「本官は医学部教授ではあるが、自分の気持ちとしては専門部主事・教授で医学部教授は兼務であり、そのため専門部主事が専門部の廃止と共に廃職となる上は医学部教授も辞職する」というものであった。

山形は、仙台医専の校長であった当時からの悲願として東北帝国大学医科大学の創設を考え、その前段階として東北帝国大学医学専門部ができ、次は専門部から医科大学に昇格させられると期待していた。そして、名称変更と同じように教官や学生はそのまま引き継がれるものと考えていたと思われる。

しかし、期待は見事に裏切られ、在学生はすべて卒業させ、医科大学の入学は全く違うものとして行い、教職員についてもすべての人が医科大学へ移れないことがわかった。文部省に医科大学教授選考委員会が設けられ、人事はここで最終的に決められることになり、多くの教員が移れなかったのである。

『東北大学百年史』には専門部教授であった藤野厳九郎が医科大学の解剖学の教授になれず、一九一五（大正四）年六月に辞職したことが記されている。理由として藤野が愛知医学校の卒業生であり、学士でなかったことが考えられる。山形は医学専門部主事であったので選考委員の一人として参加している。このように教官の多くが退職することになり、山形の考えていた医科大学と異なったため、医学専門部の廃止が決まると、ある種の責任を感じて、自らも医学部教授を辞することにしたと思われる。

なお『東北大学五十年史』ではこの辞任について、山形は東北帝国大学医学部ができて念願が達成されたので辞したと書いてあり、違いがある。一九二二（大正十一）年十一月十六日、脳溢《のういっ》血《けつ》にて死去。六十五歳であった。

外国人教師グリフィス

ウィリアム・エリオット・グリフィスは、福井県では非常に有名な外国人である。一八四三年九月十七日にアメリカ合衆国ペンシルベニア州フィラデルフィアで生まれ、一九二八年二月五日（享年八十四）に死去した。お雇い外国人として、明治時代初期に来日し、福井藩と東京大学で教鞭《きょうべん》をとった。帰国後は日本の文化他について膨大な書籍を残した。晩年、再来日し、福井で大歓迎を受けた。

グリフィスが福井（越前）藩に来たのは、当時、福井藩からラトガース大学に留学していた日下部太郎との出会いからだった。福井藩の藩校明新館で化学と物理を教えていたが、一八七一（明治四）年七月、廃藩置県により、契約者である福井（越前）藩がなくなったため、東京大学に移ることになった。その後、一八七四（明治七）年に帰国。後に牧師となり、米国社会に日本を紹介する文筆・講演活動を続けた。

「清国留学生取締規則」

清国留学の初期の頃は、日本での過激な行動（例えば、清国打倒革命運動）を行うことに、「清国」は見て見ぬふりをしていたが、留学生に対して、指導の名のもとに学業や生活の面での統制・管理をし、革命派の活動や反日運動を封じ込めるための「清国留学生取締規則」を要請することになり、日本政府を巻き込んだ事件になった（魯迅傳覚書：日本留学時代を中心として 猪俣庄八参照）。

この規則は、一九〇五年十一月、文部省が清朝等の要請に応じて発布した。この時、魯迅は仙台にいた。この発布で二つの問題が顕在化した。一つは、かなりの優秀な留学生は、清国打倒といった革命思想を持ち、過激な行動をとっていた点である。これらの留学生の人間としての〝プライド〟〝尊厳〟〝敬意〟に対して、日本政府が介入したのである。もう一つは、日本政府はじめ多くの日本人は、「中国人が、このようなプライドを抱いている」ことに、全く気が付かなかったという皮肉な面である。

当時の日本人は、例えば、嘉納は「戦争に負けたのは、清国人が大した人物・国でないことから生じたので、しばらくは日本を見習え」と考えていた。国内で、中国人を蔑視する呼称も流布していた。しかしながら、革命を目指す留学生は、戦争に負けた事実は認めるが、だからといって、中国人のプライドを傷つける行為、例えば、幼児的扱いや無条件に従わせることなどは我慢できないと考えていた。この根底には、留学生は漢民族であり、日清戦争では「清国（満州民族）が負けた」のであって、「漢民族が負けたのではない」との意識もあったことは見逃してはいけない。

三 当時の中国の風習について

清国の風習（纏足）

纏足は旧中国の習俗で、女性の足を幼いうちに布で縛り発達を抑えて小脚をつくり、女性美と貞操を求めた。極端な小脚嗜好から纏足は女性の性的な特徴となった。魯迅が留学した時、すでに日本には浙江省紹興出身の女性革命家で詩人の秋瑾《しゅうきん》が活動しており、纏足に反対する「天足会（纏足をもじった名称）」を提唱し、魯迅もこの会に参加した。魯迅の母は纏足反対であったが、当時の女性、魯迅の妻・朱安、秋瑾らは纏足であった。

清国の風習（辮髪）

辮髪《べんぱつ》は満州族の男子の髪形で、後頭部にだけ円形に髪を残してあとは剃《そ》り、伸ばした髪を編んで背中にたらす。清朝時代に徹底強要され、「頭を残したければ髪を残せず、髪を残したければ頭を残せず」ともいわれた。

〝さて、日本人の多くは、映画・TV等から、辮髪が中国の風習であることを知っており、特別の感情を抱かないが、それは日本人が前髪を剃り落とし、後ろ髪を前に持ってくる〝ちょんまげ〟姿に違和感を全くもたないことと大いに関係があるだろう。後ろの髪を伸ばすという点で、ちょんまげとは異なり、辮髪は多くの場合、編み上げるようである。すると前髪がないので、正面からは男女の判断はできるが、後ろから見ると、男女の区別は難しい。

映画「秋瑾」で、学堂での武装蜂起のため、男女の学生が庭に参集・蜂起する場面があるが、後ろから見る限り男女は区別できない。本文で「少女のような」との記述は、このことを意味しているのだろう。

魯迅の髪形

辮髪姿の留学生をバカにする文章が記載されている。多くの留学生は、辮髪を剃り落とさずに頭上高くぐるぐる巻きにして帽子をかぶるから、帽子が盛り上がって見苦しかったと書き、これを「富士山」にたとえた。

読者の皆さんは、この記述から、魯迅は当然、日本に来て、すぐに辮髪を切ったかのように思うかもしれないが、実際に切ったのは一年後である。許寿裳の回想文に「魯迅は皆から『富士山』と呼ばれていた」との有名な話があるが、「富士山」の留学生とは、魯迅自身の姿である。ちなみに、許寿裳は来日後すぐに辮髪を切った。

その後の魯迅の行動も面白い。七年半後に帰国し、学堂（学校）で教えることになるが、その時「カツラ」をかぶっている。また、生徒からの「辮髪を切るべきかどうか」との質問に対しても、奨励していない。魯迅は学生に、現時点の中国では、まだそのような行動（辮髪を切る行為）を認める状況ではないと答えている。

「断髪」に関わる話

辮髪を切った者に対する一般中国人の反感も凄《すさ》まじかった。魯迅の弟の周建人が、「兄が東京で辮髪を切り、送られてきたその写真をみてショックを受けた。さらにその姿のままで帰郷し、まるで外国人が来たかのように大騒ぎになった」と述べている（顧偉良《こいりょう》［二〇〇四年］）。

魯迅自身も「髪の話」（一九二〇年）を書き、しばしば、辮髪について述べている。「――（故郷の人たちは）まるで珍しい動物を見るように、その頭を見にきた。道端から『このガサツな奴』、『にせ毛唐』といった言葉が飛び交ってきた。……罵声はさらに大きくなり、『犯罪者』とか、『オッチョコチョイ』と嘲弄《ちょうろう》した。しばらく外出もできず、ついに万策尽き、ステッキを携帯し、……殴りつけることにした――」

魯迅の活動は、ある意味で、こうした庶民の因習、無知蒙昧《もうまい》、現状にどっぷりと浸かってよしとする、怠慢と投げやりな態度（中国語で没法子〔メイファーズ〕という）に対する怒りであり、ここから彼らを脱却させせようとする闘いであった。それは途方もない努力を要し、彼を「寂寞《せきばく》」な境地に追い込むのだった（魯迅は「寂寞」の言葉を随所に使っている）。

「希なるもの貴し」と膠菜

この言葉は日本でもよく知られているが、東晋《とうしん》の葛洪《かっこう》（撰）『抱朴子』内篇にある「しかし物は少ないと貴いとされ、多いと賎しいとされる」から採られた。魯迅は中国人であり、地方都市仙台では非常に珍しがられた存在（希なるもの）で、新聞にも取り上げられ、授業料免除などの特別待遇を受けていた。このような状況を、膠菜《こうさい》を例に出して書いたのだろう。友人あての手紙にも、それに関する感想が書かれている。

ところで、「北京の野菜が運ばれる」との文章を、読者の皆さんはどのように読んだだろうか。いきなり「北京」の話が出てきたが、北京と杭州は、歴史的にも政治・経済的にも海運交通でつながっている。私は「京杭大運河」（北京と杭州〔浙江省の省都〕間の大運河）を頭に浮かべた。六一〇年に完成した二千五百キロの大運河は、中国の大動脈で、現在も活躍している。

次は膠菜のことである。膠菜とは山東省膠州県（現・諸城県）産出の白菜のことである。品質がよいので山東白菜の代名詞となっており、かなり昔からの「ブランド品」である。

本文の「北京の品が運ばれると云々」との文章で、「膠州は北京ではない」とわざわざ注釈をつけているが、日本人読者にはあまり興味のない話だろう。そして、膠菜を赤い紐《ひも》でくるとあるが、膠菜は漬け菜《つな》の仲間で葉野菜であり、結球していないので赤い紐でくるとの表現になる。漬け菜とは結球しない菜っ葉類の総称である。現代日本では、白菜は結球していると考えるが、元々、原種は葉野菜であり、コマツナ、ミズナなど様々な品種や、野沢菜、広島菜、高菜などがある。

蘆薈

属名Aloeをロエと読み、蘆薈《ろえ》の漢字をあてた。ツルボラン亜科アロエ属の植物の総称で、アロエのことである。多年草、または低木及び高木となる多肉植物で、観賞用だが民間薬ともなる。日本で音読みして「ロカイ」とも称した。龍舌蘭《りゅうぜつらん》とよく似ているので、混同されやすい。一方、龍舌蘭は、リュウゼツラン属リュウゼツラン科の単子葉植物で、食用・繊維作物、観葉植物として広く栽培されている。和名に「蘭」とあるが、ラン科ではない。

第三章　『藤野先生』の楽しい読み方

一　藤野先生のこと

藤野先生の容姿と身なり

本文では「藤野先生の外見」を「色は黒くて、痩せて、八字髭、眼鏡を掛けて、きわめて特徴のある口調の声」と書いている。このような文章表現は、魯迅一流の書き方である。

《「きわめて特徴のある口調の声」に対する各種の訳の例》

ゆっくりした、節をつけた口調（竹内好新訳）
ゆるい、抑揚のひどい口調（竹内好旧訳）
緩やかな、そして抑揚の強い口調（横田勤訳）
ゆるい、ひどく抑揚のある口調（松枝茂夫訳）
ゆっくりした抑揚の強い口調（丸山昇訳）

ゆるやかでとても抑揚のある声調（増田渉訳）
ゆっくりした抑揚のひどい口調（駒田信二訳）
抑揚をもったひどくゆっくりした喋りかた（小田嶽夫訳）
ゆっくりとして抑揚をつけた大きな声（藤井省三訳）

髭の話であるが、明治時代には髭が流行したのだろう。藤野先生は、魯迅が仙台に来る少し前に髭を生やしたらしい。写真で見る限り、八字髭には見えない。どちらかといえば、口髭に近い。さらに、漢字「八」のように見えた場合、それは、中国人や日本人には理解できるだろうが、英語表現では「カイザル髭」等になる。抑揚のある云々は、方言の区分のところに書いたので参考にしてほしい。

藤野先生が身なりに無頓着なことを、前年も先生の講義を聴いている落第組の上級生が手ぶり身ぶりよろしく語り聞かせる場面がある。上野恵司によると、正確な訳は、藤野先生が冬に旧外《ふるがい》套《とう》を着て、ブルブルふるえながら汽車に乗っていた時に、この貧相な様子を見た車掌から掏摸《すり》と間違えられたという連続した逸話ということになる。

中国語の〝致使〟（「～の結果になる」との意味）を使っていることからの解釈で、非常に硬い表現で、大げさすぎる言葉の使い方である。旧い外套、ブルブルふるえる、汽車に乗る、掏摸と間違えられるといった一連の訳文を読んで、何か誇張された表現のように感じたのは私だけだろうか。これも魯迅流の文章表現だろう。このような魯迅の文字表現については、第三章にも少し書いたので参考にしてほしい。

「ゴンちゃん」の愛称と方言

私は福井人であるので、本文の「方言」については、特に興味・関心がある。私は「雨・飴」「橋・箸」の区別ができないし、若い時、県外の集会で「福井弁」をからかわれた記憶もある。

当然だが、原語の中国文には読み方は書いていない。後世の何人かの翻訳者によって、「藤野先生」の呼称に「ごんくろう」「ゴンちゃん」との説明があり、普及した。これは学生間で使われていたとの「仙台の記録」を根拠にしているが、このこと自体は事実であろう。

しかし、これはあくまで学生間の使用ではないだろうか。藤野先生自身が、講義の最初の自己紹介で、「私は、フジノ　ゴンクロウである」とはいわないと思う。いくら学生間で広がっていても、自己紹介で自分の名前を「茶化す」ようなことはないと思うし、そのような人柄でもなさそうである。また、学生が藤野先生に対面して、「ごんくろう」というのは考えにくい。学生間で親しみを込めた表現として、「ゴンクロウー」「ゴンさん」の使用は大いにあるだろう。同級生の鈴木が授業で使用したとの記録もある。

また、『仙台における魯迅の記録』には「その、私は藤野ゴンクローですという口調ですね。その妙な口調でやるものだから、みなやはりクスクスと笑いましたがな。まだ、原級（進級できなかったの意味）にとどまった学生ばかりでなく、みな笑いましたな」とある。

また、呼び名に関して別の資料もある。『藤野先生 小伝』（藤野恒男著）には「診療所を開設していた時、「ゴンさん」を使用したとの記述がある。藤野厳九郎は、郷土では「恒宅さま」と呼ばれており、尊敬を集めていたので、この場合は、明らかに親しみを込めての表現で、年配の村人が使用したことはあるだろう。真偽はわからないが、少なくとも本人が「ゴンさん」ということに対して納得できないとの親戚のコメントもあり、結論は出せない。

藤野先生のしゃべり方

次は、本文の藤野先生のしゃべり方、抑揚の記述について考えよう。魯迅は本文で、藤野先生のしゃべり方、抑揚について書いているが、魯迅がどの程度、違いを理解していたか非常に疑わしい。日本語を勉強したとはいえ、習った場所が東京であることから、江戸弁もしくは東京語（共通語）が主であったろう。その後は仙台に移り、東北弁（仙台弁）である。

藤野先生は、生まれは福井県で、愛知や東京での生活経験もあるが、たぶん、福井弁を主に使ったであろう。この福井弁が〝抑揚のある〟との記述になったのだろうか。

「ゆっくり話していた」との記述は、藤野先生の「特徴」かもしれないし、学生の筆記を考えてのスピードであったかもしれない。学生たちも魯迅も福井弁は初体験であろう。

魯迅の『狂人日記』の本文は、白話、文言、方言が混じっている特殊な文章である。方言は「狂人」の出身地を表すであろうし、白話文と文言文が混合しているということは、「狂人」の内面が白話的な心理と文言的な心理からなっているということを意味すると説明されている。少なくとも、魯迅は方言について強い関心をもっていた。

福井弁と各種の区分案

学者によって、方言の様々な「区画論」の提案があった。例えば東条操《とうじょうみさお》案（一九五三年）はアクセントの違いなどを重視した結果、東部（東日本）、西部（西日本）等と区分した。金田一春彦は、アクセント・音韻体系などの根幹部分を重視し、内輪方言（近畿・四国）、中環方言（中部・中国・西関東）、外輪方言（東北・九州）、南島方言に分けた。一方、柳田國男は、方言区画論そのものを否定した。いずれにしても、区分は、音韻・アクセント・文法などで行い、どれを重視するかで区分は異なる。

ところで、福井弁は、どのような区分に該当するか調べたところ、各種区分案でも明らかに「東北弁」とは異なり、「北陸弁」に分類された。さらに、この「北陸弁」が「関西弁・近畿弁」にどの程度近似しているかなどは私にはわからない。

私の経験であるが、福井県嶺北地方（旧越前国）で話される福井弁と、福井県嶺南地方（旧若狭国）の方言とは明らかに異なり、これを若狭弁と命名するならば、近畿方言に近いことは納得できる。

北陸方言の特徴に「文末・文節末がうねるようになる」との説明がある。福井弁と韓国語はイントネーションが似ているので、福井弁のルーツは韓国語ではないのかともいわれているが、言語学的には全く関係がないらしい。

さらに、無アクセントの方言であるが、「箸・橋・端」などの同音異義語をすべて同じ高低で発音する。つまり、無アクセントの話者はアクセント知覚がなく、区別できないので、混同して用いることもある。


太宰治の小説『惜別』の中で魯迅は、故郷から南京へ、南京から東京へ、東京から仙台に来たという風に、学ぶ場の移動を細かく語る。(『惜別』の主人公の)田中は東北の田舎から仙台に来たため、方言の問題に悩んでいる。魯迅の恩師の藤野先生も関西の訛りを残した人物である。魯迅と田中は、自分たちは「日本語不自由組」だと言い、だからこそ親しくなった可能性さえ口にする。そこに東京出身の都会風をひけらかす級友が絡む。

これらの人物の移動の錯綜《さくそう》を、言葉に着目して分析する。

このような考察は、太宰治、ひいては近代文学者にとっての「国境」について再考する手がかりを与えてくれるはずである。

ここでは、藤野先生の方言を関西の訛りと書いているが、この記述をもとにしているかどうかわからない。だが、「藤野先生のしゃべり方=関西風」になり、ほかにも引用されているようだ。これは誤りだろう。正しくは、広くは北陸弁、狭くは福井嶺北(福井市他)弁である。英語の

「dialect」は「人々の間で話す」が語源であるが、「方言」は中央と地方をイメージさせる。最近は、dialect diversity等の「多様性」の概念が用いられる。

藤野先生の論文執筆

藤野先生は学者であり、勉強熱心であったことは知られているが、論文執筆にも奮闘していた。魯迅も在学中の時期、その様子を「論文執筆中」と本文の中に書いているが、それは、「長大ナル茎状突起ニ就キテ」が、『東北医学会会報』三十五号（一九〇五年二月二十八日発行）に掲載された論文であると推測される。また、藤野先生は第十回東北医学会学術大会（会員四百名 演題二十三、来賓五十）の教官正会員であり、「重複子宮の一例」と題する研究を発表している。

「写真」を送るか（中国語翻訳の難しさ）

別れの時、藤野先生は魯迅に便りの交換を提案したが、結局、魯迅は藤野先生へ手紙は出さずじまいであった。

藤野先生は魯迅に対し、「その後の様子を知らせる便りをたびたびくれるようにといった」との和訳がある。原文、〃时时（簡体語：漢字では時時）〃からの和訳を考える以前に、常識的に考えれば、それほど難しくないであろう。藤野先生は、生徒に手紙を出すことを頼んでいるが、いくら教授といえども、「定期的に」とか「しょっちゅう」といったことは要求しないだろう。「時間があったら（たまには・気が向いたら）、私に手紙をください」といった程度であったろう。それに、藤野先生は手紙を強制するような人柄ではなさそうだし……。

上野恵司は、原文の〝时时〟はどのような意味かについて、二つの説明をしている。この簡体文字の〝时时〟は、漢字では〝時々〟である。中国語の意味は「常々」「しょっちゅう」「しばしば」であり、日本語では「ときどき」「時間があれば」の意味である。先生（藤野教授）が生徒（魯迅）に「しょっちゅう」手紙を書くようにということは、命令調でおかしいと考えるのが一般的だろう。そうすると魯迅は「日本語」の意味で使ったと考えられる。

しかし、上野恵司は、もう一つの解釈として、あえて「中国語」として用い、魯迅に対して「しばしば」便りをよこしなさいという藤野先生の気持ちの高ぶりを表現していると解釈した。そして、上野は〝时时〟が結局のところ「ときどき」なのか「しょっちゅう」「しばしば」なのかについては、後者に解すべきではないかという方向に「気持ちが傾いてきました」と書いている。このような文章も「難解」の一例といえるだろうか。いずれにしても、魯迅は結局、手紙も出さずじまい、写真も送らずじまいに終わってしまう。

写真に「惜別」と書いて贈る

魯迅に渡した藤野先生の写真は北京・魯迅博物館に保存されている。髭を生やした上半身の写真の裏には「惜別　藤野」と「謹呈　周君」と、藤野先生が筆書きしてある。本文では、魯迅は写真の持ち合わせがなかったと返答しているが、魯迅自身は何枚も写真を残している。友人たちと一緒の写真もあるが、単独で写った、適当な写真を持ち合わせていなかったのであろうか。

『藤野先生』を題材にして書かれた太宰治の小説『惜別』

太宰治が戦時中に書いた小説『惜別』は、魯迅の『藤野先生』を題材にして書かれたものであることはよく知られているが、人気があり有名な太宰の作品としては捉えられていない。その点で、太宰作品としては異質なものであろうか。これは「小説」であり、真偽とは別の話、別次元である。

太宰は『惜別』を書くために多くの文献を集め、仙台で新聞社はじめ、現地調査を行い、竹内好訳等多くの資料を参考にしている。このことは、初版の「あとがき」に書かれている。後年、この『惜別』を竹内氏が酷評したという事実もよく知られており、『惜別』が太宰治の失敗作であるというその後の定評につながっている。

書き上げたのは太平洋戦争の真っただ中の、昭和二十年の春である。戦時下における政府が強く関与する小説である。その執筆の経緯を書く。

内閣情報局と日本文学報国会、つまりは国の委嘱を受けて書き下ろした小説で、戦況悪化が著しい昭和十八年十一月開催の「大東亜会議」で採択された「大東亜共同宣言」の五つの綱領を文学作品化することになり、小説部会では六人が委嘱され、『惜別』は「独立親和」の原則に対応する作品である。

「この『惜別』は、内閣情報局と文学報国会との依嘱で書きすすめた小説には違いないけれども、しかし、両者からの話がなくても、私は、いつかは書いてみたいと思って、その材料を集め、その構想を久しく案じていた小説である」

これは『惜別』初版につけた「あとがき」の文章だが、太宰の言葉の裏に深部屈折をみせている逆説的なアイロニーを、見逃すことはできない。

二　魯迅の文章について

魯迅の文章の特徴

魯迅の文章は一般に難解といわれるが、それとは、別に次のような内容文もあるので紹介する。親友の許寿裳は、「なにしろ魯迅の文章を読んでいると、ちゃんちゃらおかしくって、飯を噴き出しちゃった（不忍噴飯）」と語っている。本文で使われている「富士山」という渾名《あだな》は、まさに魯迅自身のことである。しかし前述したが辮髪にしている中国人への侮蔑的な文章を魯迅は書いているのである。

「藤野先生」において、主人公は魯迅自身であるが、一方で、魯迅ではない「私」という人物が登場してくる。実際には辮髪姿の魯迅が、同じく辮髪の留学生を「富士山」（これは魯迅自身のことでもあるが）と侮蔑する。このことは、魯迅が自身の辮髪姿を嘲っていることになる。『藤野先生』は、小説とか一部虚構であると言われるが、「富士山」の文章は、魯迅流の表現方法と捉えることができる。なぜならば、留学時代の魯迅の辮髪の状況は、多くの留学生がよく知っていることであり、本文のような内容は、すぐに見抜かれるであろう。事実、友人によって内実が暴露されたわけである。

魯迅の文章の事例

本文の中から文章をいくつか抜粋して紹介する。

■事例①「残念なことに、私は当時たいへん不勉強で、時には気ままですらあった」

この記述は明らかに魯迅流の謙遜表現であろう。魯迅はかなり頭がよく、勉強家であった。また、「黒板の図のとおりにかきうつしなさい」と藤野先生に言われた記述では、藤野先生の「厳格性」を示しており、「図はやはり私のかいたものでまちがっていない。うまく書けている」との魯迅の気持ちは、単なる強がり・独りよがりではなく、魯迅は「美術」「芸術」に造詣があり、自信があった。よって、ものの見方の違いをこのように書いたのだろうか。藤野先生もかなり「黒板の解剖図」がうまかったとの当時の学生の証言もある。

■事例②「東京へ出てひと夏遊んで過ごし」

これは、この時、東京で開催された「中国同盟会」の決起集会に参加した事実を書いているのだが、むろん、本文にはそのような説明は一切書いていない。本文の前段で朱舜水の名前を書いているが、それは、魯迅は休暇のたびに東京に出かけ、途中、水戸の朱舜水の墓にも訪れていることと関連している。

■事例③「同級生百人あまりのうち、私はまん中あたりだったが、しかし落第ではなかった」

この文章の意味は、落第しなかったから「良かった」ではなく、落第すれすれであったことは、とても恥ずかしい、くやしいとの気持ちの表れで、魯迅のプライドの一端が表現されていると推察する。

■事例④「愛国青年も憤慨していたが、しかし知らぬ間にその影響を受けていたのである」

これは、手紙の主たちは、トルストイの言葉を正確に理解せずに使っているとバカにしている様子を皮肉って書いたものである。また、「トルストイ式の手紙」とは、いわゆる「手紙」ではなく、「新聞投稿記事」のことであるから、「式」と書いたのだろう。

■事例⑤「中国は弱国である。だから中国人は当然低能児であり、（後略）……」

この表現は、かなり辛辣な表現である。魯迅は、中国一般大衆をこのように見ていたのであるが、自分自身については、逆に低能ではないといいたかったのだろうか。

■事例⑥「その時その場で私の考えは変わったのである」

これは重要な記述である。このように単純化して書いているので、あたかもこの事件を契機に魯迅が「転向」したと受け止められるが、実際にはこれまでにいろいろ考えた末の結論だろう。小説上このように書いたに過ぎない。これについては、別のところで詳細に書いたので参考にしてほしい。

退学の理由として、「生物学をやりたい」と、魯迅はあたかも口から出まかせにいったように書いているが、帰国後の魯迅の経歴をみると、紹興の師範学堂等で化学・物理学や生理学等の教科を教え、植物学の助手も行い、植物採集やその標本も残している。

本文では、藤野先生が懐疑的に答えたように書いているが、当時、魯迅自身は真剣に考えたうえでの返答であったのだろう。魯迅は「西洋の学問・科学的視点」を非常に重視していたし、「文学」をやる場合も科学の知識の必要性・重要性を強調している。

藤野先生が魯迅に「霊魂を敬うか」と質問したのはなぜか？

藤野先生は、中国の風習である「霊魂を敬う」かどうかの質問を魯迅に対して行っているが、これは、魯迅が霊魂を信じるといった非科学的思考者かどうかを知りたかったからであり、中国人の一般的な「思想・宗教・死生観」を知りたかったのだろう。

魯迅が「試験問題漏洩事件」をすぐに藤野先生に知らせたのはなぜか？

魯迅は「試験問題漏洩事件」をすぐに藤野先生に知らせたと書いているが、これは藤野先生を「冒瀆《ぼうとく》」している学生の存在を知らしめようとしたのであり、藤野先生をこの事件に巻き込むとの意図はなかったと考える。また、魯迅は藤野先生に泣きついて「解決」するような性格でもなさそうだ。

魯迅の難解な文章　レトリック

魯迅の文章は難解である。また、皮肉や毒舌の表現も多い。魯迅の代表作の『阿Q正伝』の表題の「伝」の例を挙げる。前段で「伝」がはなはだ多いと断って、列伝、自伝、内伝、外伝、別伝、家伝、小伝……などと書く。さらに続けて、「列伝」から順にその適否を書いて説明している。

『藤野先生』という表題について

最初の表題は「吾師藤野」であったが、消されて『藤野先生』になった。

二〇〇二（平成十四）年に佐藤明久氏（福山市日中友好協会会長）は上海魯迅記念館で、『藤野先生』の原稿（複製）を目にした。赤い罫線便箋に書いてある表題は黒インクで書かれていたが、佐藤氏は表題が塗りつぶされ、「先生」の二文字だけが残り、右側に「藤野」と書かれていたことに関心を持った。

その解明のため、佐藤氏は二〇一〇（平成二十二）年十二月、再び中国国家図書館を訪れ、影像技術を用い、一文字目が「吾」であることを突き止め、『藤野先生』の原題が「吾が師、藤野先生」であることを発見した。翌二〇一一（平成二十三）年九月、香港紙は、魯迅の作品『藤野先生』は原題が書き換えられたものだと報じた。

『藤野先生』の執筆時期（一九二六年）

魯迅は、北京から厦門《あもい》大学教授として赴任した一九二六年に『藤野先生』を書いた。構想は北京時代からともいわれている。この頃は、日本の大陸進出時代であり、中国各地で抗日運動が広がっていた。魯迅は日本で学んだ知識を帰国後、中国の青年たちに教えることになったが、いつも仙台時代の藤野先生を思い出していた。様々な理由で音信不通となっていたので、「恩師」の安否も気になっていた。佐藤氏は以下のように書いている。「最高の敬意を表現する『吾師』を表題から外し、むしろ行間に満々と投影させることを選んだのではないか。それがよりふさわしい恩師への便りだったということだろう」。

魯迅の自叙伝の回想録『朝花夕拾』

『藤野先生』は一九二六年、はじめは「旧事重提」（著者註：追想記の意味）という題で『莽原《もうげん》』（著者註：草の生い茂った野原の意）に連載されたが、翌（一九二七）年に『朝花夕拾《ちょうかせきしゅう》』と改題されて出版された。朝花夕拾とは直訳すると、朝落ちた花（すなわち幼少時代の体験から日本留学、帰国までの思い出、体験談）を夕方拾う（ある年が経過した今、書いた）との意味になり、魯迅の自叙伝の回想録・思い出を意味している。

さらに説明すると、朝露を帯びて咲いている花木を手折ってきて花瓶に活ける。それはもう叶わなくなったとの意味であり、花木は咲いているうちに手折れ、花が散った後ではもう遅いとの意味になる。英語名は、「Dawn Blossoms Plucked at Dusk」で、直訳すると「夜明け（朝）の花、それが夕暮れ時に摘み取られた」となる。悲憤と諧謔《かいぎゃく》（滑稽味のある言葉、しゃれた冗談）をまじえた魯迅流の文章を知るにはよいものである。魯迅は、弟子の増田に読むことを勧めた。

竹内好は以下のような解説をした。「魯迅が気付かなかったもの、大事にしなければならなかったのに、とりこぼしていたもの、さらにいえば、自分の現在を支えているものの根源をさぐりなおし、そこから何を大事にし、どう生き、どう闘うかまでさぐろうとして、この回想録を説明している」。

永末嘉孝《ながすえよしたか》教授によると、「『朝花夕拾』の十篇は、単に年代順に回想を書き続けたのではなく、強力な連続性があり、一面では、北京時代のそれと廈門時代のそれには何らかの変化があるのではないか」と説明し、「魯迅は、もっと何か苦しみ、もがいているもの、何が何でも書かねばならぬといった強いものがあったのだろう」とも書いている。特に、『藤野先生』や『范愛農《はんあいのう》』にそれが感じられるという。

さらに、永末は次のように書いている。

「あえて言えば、三つにも四つにも変化があり、何かが加わっているようにも思えるのである。その変化が何なのか、そして逆に大きく連続するものが何であるかをさぐろうとするのが、この小稿のねらいである。そこには、単なる回想とは異質の、自己の根源の問いなおしがあり、そのなかで、『民衆の再発見』や『とりこぼしていたものの再発見』があった。しかも、それが廈門期の後半からは、『死者を生かすための問い』、自分自身の闘いのありようにもつながっていくという、この短編集には、大きな連続・大きな統一があったとみる。南京での勉強、そして、その後の日本留学、最後は帰国後の『革命に関与した留学時代の友人』の話と続く。いうまでもなく、この短編は、かなりの後になって書かれ、〝小説〟の形をとった」。

『朝花夕拾』の「小引」

では、この短編集を詳細に見てみよう。

「小引（前書き、はしがき）」において、最初の二篇『犬・猫・鼠《ねずみ》』（一九二六年二月二十一日）と『阿長と山海経』（一九二六年三月十日）は北京の寓居の東側の壁の下で書き、魯迅自身が「民国以来、もっとも暗黒の日」と嘆き憤った「三・一八事件」の直前である。そして、その後、政府の弾圧をうけ転々として避ける中で書いたのが『二十四孝図』、『五猖会《ごしょうかい》』『無常』の三作品である。私はそこに、魯迅の苦しみ、寂しさといったものも感じさせられる。後の五篇は、厦門大学の図書館の二階で書いたと記述している。

参考までに、この十編を要約する。

①まず『犬・猫・鼠』の話。

②次の『阿長と山海経』は、幼少期に魯迅の世話をした女中の〝長ママ〟についての話。

③『二十四孝図』は、古代中国の親孝行について書かれた二十四人の話を、皮肉をこめて書いたもの。

④『五猖会』は、祭り見物のため船出しようとした直前に、父親から教科書を暗唱することをいい渡された嫌な話。

⑤『無常』は、閻魔《えんま》大王の小遣いの亡霊の話。

⑥『百草園より三味書屋へ』は、幼年時代に勉強した塾での思い出。

⑦『父の病気』は、父の看病、薬調達、処方、臨終立ち会いの話で、魯迅の医学を学びたいとの動機とも関連する。
⑧『琑記』は、父の死後、南京で学業に専念する話。
⑨『藤野先生』は、仙台医専で学んでいた時の恩師　藤野先生や、当時の生活についての話。
⑩『范愛農』は、日本留学時代の友人で革命家の帰国後の状況を書き、時系列的配置になっている。よって、本文冒頭の「東京は……」も、時系列的な解釈に基づくと「南京」を想定しているとの推測も成り立つ。

第四章　藤野厳九郎の生涯

一　生い立ちから愛知・東京・仙台まで

代々医家の家系に生まれる

藤野恒男著『藤野先生小伝』を参考に書く。

藤野厳九郎は、一八七四（明治七）年七月一日、四男四女の三男として、敦賀県（現・福井県）坂井郡下番村《しもばん》（現・あらわ市下番）に生まれた。父は昇八郎（升八郎ともいった。通称 恒宅。以後の後継者は恒宅を名のる）、母はちくをという。

下番村は、もと奈良興福寺・春日神社の荘園河口庄があったところで、「番」は荘園領主に労役を奉仕する地域単位である。厳九郎の出生後まもなく、河国十郷の一つ本庄から本荘村となり、第二次世界大戦後、芦原町と変わり、平成の大合併であわら市となった。

「藤野恒宅家系譜」には、藤野恒宅家は代々医家で、先祖は安土桃山時代の名医・曲直瀬道三《まなせどうさん》に医術を学び、江戸時代初期に下番村で医業を始めたと書いてある。

祖父の藤野勤所は、実用臨床解剖学の『医範提綱』を書いた蘭学者、宇田川玄真《うだがわげんしん》とその養子の宇田川榕庵《ようあん》（日本の化学及び植物学の先駆者）に学んだ。巌九郎の父、昇八郎は、京都の小石玄瑞《こいしげんずい》に学んだ。

父は緒方洪庵の門下生だった

藤野家は、前近所の福円寺の檀家であるが、そこの住職、円珍の孫が橋本長綱《はしもとながつな》（橋本左内《さない》の父）の妻であった。このような縁もあり、昇八郎は橋本長綱に師事していた。その後、橋本長綱の手助けで、一八四六（弘化三）年、大坂の緒方洪庵《おがたこうあん》の「適塾」に入門した。同期には、活動的で逸話の多い大村益次郎《おおむらますじろう》がいた。緒方洪庵の「適塾」関連で「緒方洪庵と藤野昇八郎との手紙」が残っている。

また、大野藩には「適塾塾長 伊藤慎蔵《いとうしんぞう》と藤野昇八郎の手紙」が残っている。伊藤慎蔵は毛利藩、萩の出身で大坂の緒方洪庵の適塾に入門し、やがて塾頭となった人物である。藤野升八郎（昇八郎）も適塾に学び、慎蔵が安政二年に大野藩に招かれると、昇八郎との交流が盛んになり、一層親交を深めたようである。両名の往復書簡にその当時の様子が詳しく書かれている（第五章終わりの伊藤幸治先生による解説文参照）。

このように父子二代にわたる蘭学の研究は地方では珍しく、福井藩から典医として招かれたが、

藤野厳九郎と魯迅の人物相関図

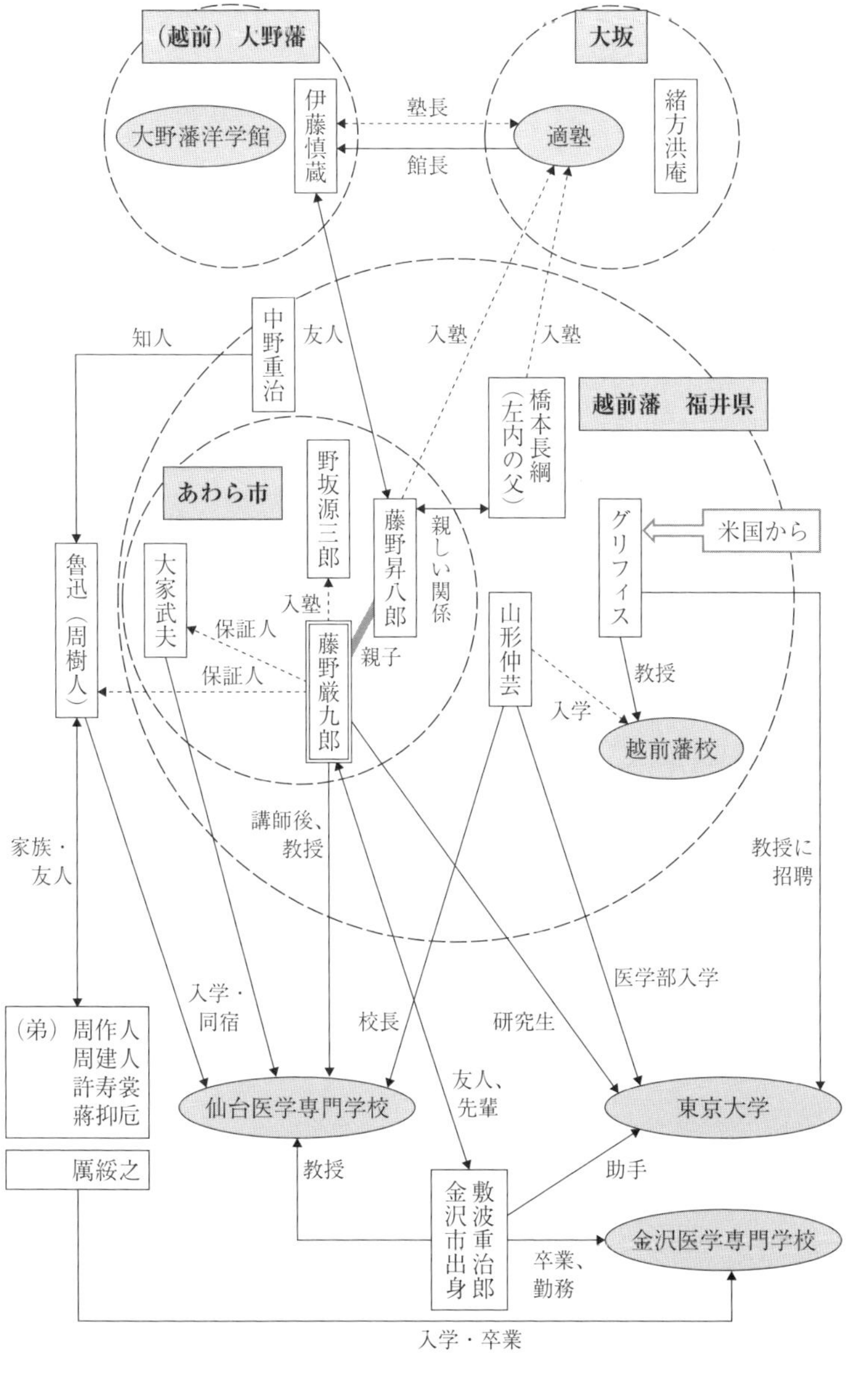

これを固辞し、栄達は望まず、自分たちが学んだ新しい医学で土地の人々のために尽くした。父の存在が厳九郎の医学・解剖学専攻に少なからず係わっていたと考えてよいであろう。

厳九郎が四、五歳になった頃、父から漢文を習い、一八八一（明治十四）年、七歳で一時、母の実家の大石《おおいし》家の養子となるが、これは、母方の廃家を興すためともいわれている。そのため、卒業証書及び卒業生名簿には大石厳九郎と記載されている。

明治十五年に昇八郎が没し、翌十六年に長兄、敏太郎が六世を継ぐも二十五歳で病没したため、次男の明二郎が七世恒宅を名のり厳九郎の保護者となる。

二つの小学校を卒業

厳九郎の出生前年の明治六年、生家近くに本荘小学校が開校したが、規模は小さかった。厳九郎は、明治十四〜十五年頃、丸岡藩校平章館の後身である平章小学校（正式名称：公立丸岡町平章小学校）に入学した。生徒は七百十三名、教員九名の大規模校であったから、規模の小さい本荘小学校には行かなかったのであろう。

平章小学校は、自宅から東におよそ十キロ程度のところに位置しており、入学後の九年後の一八九〇（明治二十三）年四月に卒業している。

また、同時期の明治十八〜二十一年の八、九歳から一八八五（明治十八）年一月〜一八八八（明治二十一）年六月まで、厳九郎は生家近くの中番の大同野坂源三郎（大同は雅号）の私塾で、

家系図

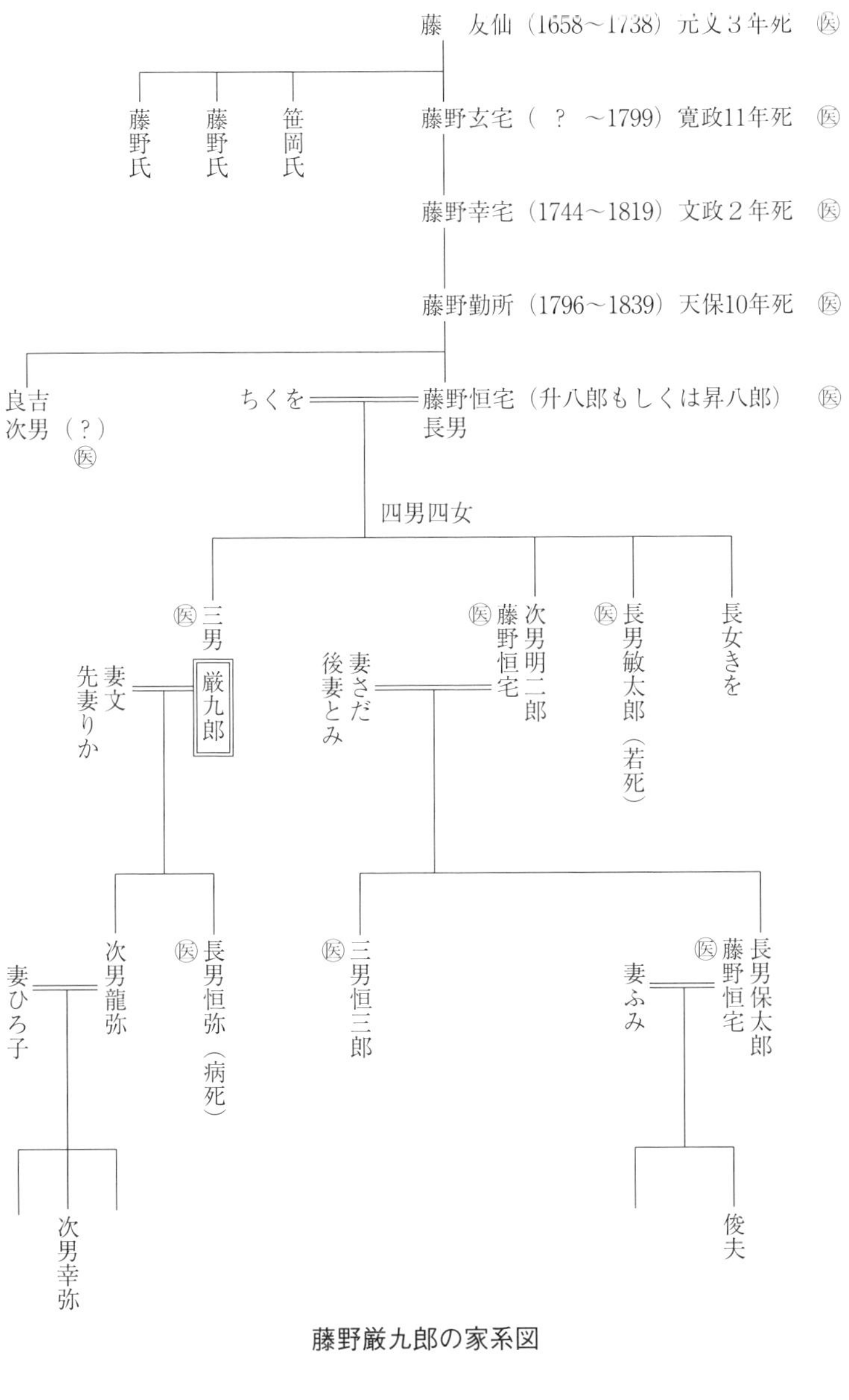

藤　友仙（1658～1738）元文３年死　医
藤野氏
藤野氏
笹岡氏
藤野玄宅（　？　～1799）寛政11年死　医
藤野幸宅（1744～1819）文政２年死　医
藤野勤所（1796～1839）天保10年死　医
良吉
次男（？）
医
ちくを
藤野恒宅（升八郎もしくは昇八郎）　医
長男
四男四女
医
三男
厳九郎
妻文
先妻りか
医
藤野恒宅
次男明二郎
妻さだ
後妻とみ
医
長男敏太郎
（若死）
長女きを
次男龍弥
妻ひろ子
医
長男恒弥
（病死）
医
三男恒三郎
医
藤野恒宅
長男保太郎
妻ふみ
次男幸弥
俊夫

藤野厳九郎の家系図

漢籍、算術、習字を習っている。野坂源三郎はもと福井藩士で、長州征伐や維新の時の北越戦争にも参加した人だったが、若い時から漢学に志があり、一八七八年（明治十一）年頃、中番有志の招きで私塾を開いていた。この時に受けた漢学の素養が、後年の彼の教養の中心を担い、魯迅への好意につながったと考えられる。

私塾や平章小学校での勉強では、英語や自然科学を学ぶことができず、医師になるための上級学校への進学ができないので、正規の教育課程に戻るため、明治二十一年七月、三国町（現・坂井市）龍翔小学校（後に坂井郡一番区公立三国小学校と改名。現・三国南小学校）に通った。この学校は、オランダ人技師エッセル（トリックアートで有名なMCエッシャーの父）が設計した西洋式校舎で、大規模小学校であった。

藤野厳九郎記念館にある卒業証書から、龍翔小学校と平章小学校の両方に学籍がある。当時の日本では初等教育制度が混乱しており、このように二つの小学校を卒業することになった。

愛知医学校を卒業。医術開業免状を取得

一八九〇（明治二十三）年三月、厳九郎は公立三国小学校の高等科三年を修了し退学。同年四月、十六歳の時、福井市にある福井県尋常中学校（その後、福井中学校に改称し、現・福井県立藤島高等学校）に進学した。

福井県尋常中学校二年次に、退学し、一八九二（明治二十五）年四月、名古屋にある愛知県立

愛知医学校（その後、愛知医学専門学校、愛知医科大学、名古屋帝国大学医学部と改称し、現在の名古屋大学医学部）に入学した。十八歳であった。

愛知医学校では熱心に勉強し、在学中に厳九郎が受けた優等証書が藤野厳九郎記念館に展示してある。一八九六（明治二十九）年十二月に卒業。明治三十年三月に医術開業免状を取得した。

愛知医学校を終えた厳九郎は、母校の解剖学教室に入り、助手、助教諭と昇任した。医学校卒業後、名古屋に在住して母校教諭を数年勤めた。この間に東京帝国大学医科大学解剖学教室へ研修に行っている。

東京帝国大学教授、小金井良精《こがねいよしきよ》（解剖学）の書簡をみると、厳九郎は他の医育機関へ転職する希望を持っていたらしく、隣県の石川県金沢市の第四高等学校医学部（現・金沢大学医学部の前身）に転勤を希望したが、諸事情で実現せず、休職になった。

結婚。名古屋から東京、仙台へ

厳九郎は名古屋滞在中に「りか」という女性と知り合い、彼女の身の上話に同情して結婚したという。「りか」の琴を弾いている写真を数枚見たとの話もある。戸籍には一九〇五（明治三十八）年十月十三日、愛知県名古屋市小島町五十七、加藤常三郎妹と結婚、同日受付入籍となっている。その後、東京で明治生命保険会社嘱託医をしながら、東京帝国大学解剖学教室で解剖学を勉強していた。

その後、仙台医専へ行くことになるが、これについては諸説ある。その一つに、小金井良精の紹介がある。仙台医専校長の山形仲芸は、東京帝国大学で小金井の一年後輩であった（著者註：山形は東京大学医学部を明治十四年七月に卒業。小金井は明治十三年卒である）。

厳九郎は、一九〇一（明治三十四）年の十月に二十七歳の若さで、山形の上申書により、講師に任ぜられた。

一九〇四（明治三十七）年七月、魯迅が入学する二ヵ月前、三十一歳の時に教授に昇格。魯迅が仙台に来たのは一九〇四（明治三十七）年九月であり、約二年後に、魯迅は仙台を去った。

二　仙台時代とその後の退職

厳九郎、仙台医専の教授に昇進

一九〇一（明治三十四）十月、厳九郎は仙台に着く。仙台医専での担当科目は、「解剖学理論」「解剖学実習」「局所解剖学」であった。

魯迅が仙台に来たのはそれから約三年後である。魯迅が入学した頃の厳九郎は新任教授としてもっとも意欲的な時期であったようで、本文にも論文執筆中のことが書かれている。

魯迅が医専に入学した明治三十七年度の入学式は九月十二日（月）で、授業は翌十三日から始まった。厳九郎の「解剖学」は、その日の六限目（二時から三時まで）で、この時、厳九郎と魯迅は初めて顔を合わせたことになる。
「仙台の魯迅」等を参考にすると、魯迅のその時の印象は『藤野先生』に示された通りである。「辻了一星期」の通りなら、魯迅が杉田助手を通じて呼ばれたのは九月二十四日ということになる。魯迅にノートを持ってこさせ二、三日後に返した、と書いてあり、その返されたノートを見た時の感動の記述もある。これ以降、一年以上、ノート添削は継続した。

厳九郎の年俸は六百円

厳九郎は仙台赴任の頃から「ごんくろう」とも呼ばれていた。生徒間では「ごんさん」のあだ名で通っていた。自らも「ごんくろう」を名のった時があるようで、福井の地元の古老の中にも「ごんくろうさん」と呼ぶ人がいたらしい。

赴任当時の住所は仙台市柳町《やなぎまち》であったが、明治三十六年十一月に空堀丁《からぼりちょう》に転居している。当時の学生一人の生活費が月額五円で足りており、三十八年までの厳九郎の年俸は六百円であったから、生活はかなり余裕があったと考えられる。事実、それまで学問一途だった厳九郎に囲碁や謡曲、歌舞伎見物などの趣味が養われたのもこの頃である。しかし、他の教授の年俸は八百円であり、かなりの差があった。

その後、一九一五（大正四）年六月、医学部専門部が帝国大学医科大学に昇格したことで、他の教員六名とともに「依願免官」となり、厳九郎は退職した。

三　故郷福井で開業

郷里で兄の診療を手伝う

一九一五（大正四）年八月で実質的に解職された厳九郎は、その後、東北帝大医科大学解剖学教室の嘱託職員を経て、郷里で開業医として独立するため、一九一六（大正五）年、東京の三井慈善病院（泉橋病院を経て、現・三井記念病院）の耳鼻科で約一年間研修した。同年同十二月、同院を退職した。

翌一九一七（大正六）五月、りか夫人と養子の茂一を伴い郷里に帰り、生家の後ろの蔵に住まう（厳九郎の生家は、一九四八［昭和二十三］年の福井震災で壊れたので建てかえられた）。

厳九郎は芦原町下番で芦原に別宅をもつ兄、明二郎の診療を手伝い、村医としての生活を始める。その生活ぶりは明かるい雰囲気であったと甥《おい》の藤野恒三郎は語っており、近隣の人も認めている。

妻の死により再婚。二人の息子に恵まれる

一九一七（大正六）年十二月、りか夫人が金沢医専付属病院で死去する。三十三歳。病名不詳。厳九郎、四十三歳。翌七年四月、三国町《みくにちょう》の井田《いだ》（旧姓）文《ふみ》と再婚した。文も再婚であり、厳九郎

より二十歳年下の、色白の細面で背の高いスラリとした上品な美人であった。

大正七年初夏、彼女の生家近くの三国町坂井港（現・宿）へ移り、三国町竪町《たてまち》区に耳鼻咽喉科の医院を開いた。この時、厳九郎は、恒宅家に古くから掛けられてあった『孝経』の掛け軸だけ、是非にといってもらい受けていったそうである。その軸は現在、厳九郎記念館に展示されている。

翌八年二月、長男 恒弥が誕生したことから、養子 茂一（当時七歳）の縁組を解く。同年八月、六代目恒宅である兄 明二郎氏が急逝し、その息子の保太郎が七代目の恒宅になり、芦原温泉の「恒宅医院」を引き継いだ。恒宅は二つの医院をもち、その一つが芦原温泉に、もう一つは「下番」にあった。

再び下番恒宅医院にて診療

厳九郎が帰郷した時も「下番」の医院を任されていた。明二郎氏急逝により、同年十月に再び下番恒宅医院に一家をあげて戻ってきた。ところが、昭和九年に保太郎が「下番」恒宅医院で診療することになり、明け渡すことになったので、「下番」での十五年間にわたる村医としての診療は終結した。この間に本家分家の不和が起こる。厳九郎は、再度、三国に移ることになり、開院はせず、隣村の「中番」に診療所を開院し、毎日、三国から電車で通勤した。厳九郎六十歳であった。

北京医専からの招聘を断る

ところで、帰郷の早い時期、一九一八（大正七）年に、元金沢医学専門学校教授で、その後、北京医学専門学校の解剖学の教授になった石川喜直《いしかわよしなお》が死去したため厳九郎に後任の打診があった。当時の北京医学専門学校長 湯爾和《とうじわ》は、中華民国の政治家・医師で北京政府の要人であったが、後に中華民国臨時政府に参加し、議政委員長などを務めた。名は槱だが、字の爾和で知られる。金沢医学専門学校の留学生であった。その関係で北京医学専門学校は金沢医学専門学校にならって設置され、また金沢医学専門学校の教員が北京に赴任していたのである。厳九郎は「今さら自分の出る幕ではあるまい」といって、この申し出を断ったという。

郷里福井での生活状況

一九二三（大正十二）年一月、次男 龍弥が生まれる。厳九郎にとって比較的平穏な時期であった。郷里での生活状況は、泉彪之助先生（論文多数）と地元の歴史研究家の坪田忠兵衛氏（厳九郎の近所に在住）の著書、さらに、福井新聞社勤務の土田誠氏（『医師 藤野厳九郎』の著者）や山本正雄《やまもとまさお》氏（『藤野先生と魯迅の思想と生涯』）の著作を参考にした。

土田氏の本は小説風であり、「推測・想像もある」と自身で書いている。また、山本の本は広範囲にわたる内容で、今回の出版にあたり、大いに参考にさせていただいた。そのほかには、厳九郎の親戚である藤野恒男氏の論文『藤野厳九郎小伝』があり、氏の祖父や父が厳九郎をよく知ったとのことである。以上、列記したように、「藤野」、「土田」、「坪田」の姓は、あわら市下番・中番地区に多い。

一九三七（昭和十二）年七月、日中戦争が始まったが、それについて厳九郎はきわめて批判的であった。「中国は日本に文化を教えてくれた先生だ。こんな戦争は早くやめなければならない」と、あまりにもはっきりというので、まわりの者ははらはらしたという。

生家の近所の土田円右ヱ門氏とは懇意にしており、「この戦争の結末をみて死にたい」「小作人制度は怪しからん」「壇家に頼る寺の運営は気に入らぬ」「働かんもんは食わんでいい」などといっていたそうだ。

原理原則を重視の性格

厳九郎は自分の原則に非常に忠実であった。彼は患者をよく叱った。これは一日でも早く、彼らの病気を治したいからであり、彼自身の治癒方法でもあったのだろう。別の表現をすれば、厳九郎流の優しさである。甘やかして病気が悪化することのないような配慮である。医者としての職業倫理に忠実だったと考えることもできる。

魯迅が仙台時代の学生であったことを知り、かつ、立派になったことを知り、厳九郎は大変喜んだことだろう。しかし、「自分はとくに彼だけを特別に扱ったわけではない。教師として当然のことをしたまでのこと」と淡々と語っているのは、やはり郷里に戻っても、原理原則を重視する性格は変わっていないことを示している。

「医は仁術」を地で行くような生活ぶり

厳九郎の診療に関わるエピソードも多い。例えば、貧乏な患者から診療代をとらなかったようだ。また、盆暮れの支払い（昔は年に二回請求していた風習）にもかかわらず持参するまで待ち、督促をしなかったという。夏は浴衣に紗の羽織、カンカン帽、草履《ぞうり》で、たてゴザ（農作業用雨具）を着て、冬は毛編みの目出し帽に、ラシャの鳶《とび》のマント、それに「下駄」というスタイルで往診に出かける。

晩年の厳九郎は村民とともに生き、「医は仁術」を地で行くような生活ぶりであった。幼児期の私塾の先生が命名した彼の雅号である「為庶《しょい》」のごとく、庶民に尽くし、庶民のための医師であった。

中番の診療所は県道に面した診察室と二畳の待合室という小さなものだった。そして、小さな村であったことから患者数は少なく、経済的には恵まれたものではなかった。さらに、戦争中に不要不急路線とされたため自宅からの鉄道の一部区間が撤去されたことで、通勤が不便になり、晩年は中番でだけの診療にした。

二人の息子の教育に力を注ぐ

二度目の夫人 文が次男をみごもった時、厳九郎は大変喜んだ。恒弥と龍弥にめぐまれたことで、厳九郎は二人の息子への教育に力を注いだ。子供たちには早い時期から、外国語（英語、フランス語）を教えた。その証拠として、厳九郎が子供たちのために自身で描いた絵入りの英語やフランス語のテキスト四冊が記念館に展示されている。また、『孝経』などの漢書を素読させた。これは、厳九郎の「教育」に対する姿勢の一端であり、教育への情熱が、このような形になって表れているのだろう。

一九〇六（明治三十九）年、厳九郎は夏休みに一時帰省したが、その時に、教え子の新津氏が学校の様子などを知らせた手紙に対し、丁寧な礼状を書いた。これなども厳九郎の人となりを知るうえで、非常にふさわしい事例だろう。その後、厳九郎は新津氏の真面目な人柄に非常に好意をもち、交流があった。その縁で、新津氏は厳九郎の没後、墓碑銘を草している。

暮らしぶりは楽ではなかった

厳九郎の性格は、別のところでも書いたが、気むずかしく、取っつきにくいところがあったけれど、村の人たちには心から敬愛されたようだ。魯迅の逝去を知った後もこのことには変わらなかった。

この頃のことについて二代 坪田忠兵衛はその書の中で「率直にいって、晩年不遇であった」

と書いている。具体的にはどういうことかといえば、「その暮らしぶりと長男の戦病死である」と話している。暮らしぶりは確かに楽ではなかった。昭和十三年、長男恒弥が東北帝国大学医学部に入学し、その学資の支出も大変だったようである。恒弥は福井中学校（現・藤島高等学校）の四年から第四高等学校に進み、東北帝国大学医学部に進学したが、卒業後航空医学教室に入った。そして、召集を受けて陸軍に入隊した。

次男の龍弥は、昭和十五年、海軍兵学校に入学した。なぜ長男同様に医学系大学に進まなかったのだろう。厳九郎の財政事情が影響しているのかもしれない。老齢で学費捻出の手立てがなかったことから、官立の学校に行かざるを得なかったのかもしれない。龍弥は、何度か医学系への転向を考えたともいわれている。

厳九郎は下番の友人からよく借金をしていたらしい。しかし、経済上の問題で動揺するような人物ではなかったことは、村の人たちが認めている。確かに、老境であり、さびれた診療所を考えると不遇なように見えるが、そのような憶測は当たらない。

厳九郎の借金と経済状況は以下のようであった。

土田（円右ヱ門）氏宅には、かなり大きな絵が残っているが、これは時々借金に来ていた時の形（抵当）である。また、戦時中に貴重な医薬品を分けてほしいという人がいた時、厳九郎の薬品類を預かっていた土田が「少し薬を売って、借金に充ててはどうか」というと、「薬は患者のためのもの、借金とは別問題だ」と答えたという。

長男恒弥が東北帝大を卒業し、軍医となった昭和十六年、入隊のための軍服、長靴、軍刀等を準備する必要があり、これら一式を調えるのに約二千円かかった。この時、藤野真一氏から三百円を借りている。米一俵が六、七円の時代のことである。文夫人の、お医者さんの奥さんらしい社交の派手さも一因であると藤野真一氏は語っている。

長男恒弥、戦病死

一九四五（昭和二十）年一月一日、長男恒弥の急逝は厳九郎にとってもっとも悲痛な出来事であったろう。竹内静氏によれば、恒弥の遺骨を受け取りにいった厳九郎夫妻は竹内氏の家に立ち寄り、文夫人は「先生、恒弥はこんな小さな箱に入ってしまいました」と涙を流したという。また、最愛の息子を亡くした落胆ぶりは大変なもので、「ポカンとなさっていた先生を何度も見かけました」との話もある。このような、放心状態の厳九郎を見かけた村人も多い。

厳九郎死去、享年七十一

厳九郎は、恒弥が亡くなった同じ年の昭和二十年八月十一日午前十時、老衰のため死去した。「村民の医者」として、地域の人々の医療のために尽くした人生であった。享年七十一であった。

八月十日夕刻、厳九郎は中番の診療所を出た。疲れたような様子から、診療所の家主の柳川さんは「泊まっていったら」と勧めた。厳九郎は「土田さんのところへ行くから」と答えたが、土田宅への途中、河辺橋のところで目まいがして倒れた。少し、休んだ後、土田家に運ばれ、夜間、急変し、親戚や友人の見守る中、医師たちが治療にあたった。

現在、厳九郎の墓は、生家の前、近所の福円寺にある。毎年八月十一日、惜別の法要が営まれている。この項をしめくくるにあたって、藤野厳九郎の孫である藤野幸弥氏（福井県坂井郡生まれ、横浜市在住）からの寄稿を掲載する。


祖父「厳九郎」が文豪「魯迅」と仙台で出会った後の郷里（福井県）における話

藤野幸弥

先日、「何故、魯迅先生が祖父『厳九郎』を尊敬したのか、また、何故、祖父との思い出を大切にされたのか」との内容について、私の感想を書くように松井様から依頼されましたが、私は、現時点で、回答を持ちません。魯迅先生の人柄、帰国後の中国人民に尽くした業績について、私が、一般の中国の人々より未知だからです（自分勝手に推測しての回答は、控えます）。

一方、「藤野厳九郎記念館」の展示、及び祖母文等から聞いた話（記憶）から、祖父についての話を二つ紹介できます。旧坂井郡（芦原町、三国町）に居住の方々にも馴染める話かな、と思います。

まず、一話。「あわら湯のまち」近傍、記念館内の展示物に着目し、本荘村小学校低学年だった私の父「龍弥」の作文中の記述からです。当時、祖父一家は、本荘村下番、藤野本家に居住し、患者さんへの診療もそこで実施していました。作文の内容は「僕の家には、多数の胡瓜、茄子、西瓜等の野菜が家の中、広範囲に置いてあります」というものです。小学校担当教諭は、「龍弥さん、あなたのおうちは、八百屋さんですか?」とユーモアをもって講評しています。

さらに、祖母文の話からの裏付けもあります。「当時、患者さんからの野菜の貰い物は多かった。特に、多量の西瓜は、屋外に放置した浴槽に置いていた」。

私は若い頃、祖父が周りの患者さんたちから慕われていたという程度のことは知っていました。しかし、当時の時代背景、農村の状況等を考察すると、厳しい現実が見えてきます。小作人の現金収入は少なく、生活は苦しい。そして、現在、我々が享受している医療保険の制度もないのです。充分な医療を受けられず、死を迎える人々も多数いました。祖父は、診療報酬を期待できない患者さんや診療代金未払いの人々にも「充分な診療」を提供したのです。

口コミや紹介で、「藤野医院に行けば、当座の金がなくても、まともな診療をしてもらえる。過酷な報酬の取り立てもない」という話があったようです。多くの生存に必死の人々が祖父の診療を受け、「診療報酬は、今は支払不能だが、お礼の気持ちとして、この自家製の野菜を召し上がってください」と言う患者さんもいたらしいのです。

祖父が他者から、「藤野医院は貧者に無料診療をなさっているのですね」と言われたときの返答は、苦笑交じりに「私は、無料診療は目指してはおりません。自らの手で、未払い報酬に対する督促状を作成し、郵送しております。しかし、結果として、未収となっているだけです」というものだったそうです。

二話目は、子供たちに対しての話です。祖父は生活拠点を本荘村下番から、三国町宿（しゅくと発音し、地名です）に転居したおり、本荘村中番に診療所を設置して、そこへ京福電鉄で通勤し、主な診療を実施していました。しかし、自宅での診療も実施していました。自宅は海水浴場の近傍なので、本荘村の童《わらべ》を自宅に呼び、「海水浴」の楽しみを児童たちに提供していたようです。私は、往年童だった高齢の紳士から、当時の話を聞きました。海で遊び、祖父の自宅で楽しく過ごした思い出を、彼は眼を輝かせて話してくれました。

以上、学制改革の影響で、医学教育、研究の場を失った祖父が、仙台を去り、郷里の一村で開業医として過ごした生活を紹介しました。

（終り）

四　魯迅、短編小説『藤野先生』を著す

厳九郎、魯迅が『藤野先生』を著したことを知る

話は前後するが、厳九郎は仙台を去ったあとの魯迅について、全く消息を知らなかった。では

いつ、魯迅の現況を知ったのであろうか。それは魯迅の亡くなる一年前の、昭和十（一九三五）年であった。その顚末を紹介する。

昭和十年四月に、金沢にある第四高等学校に進学していた長男 恒弥の福井中学校時代の恩師（国語と漢文）である菅好春《かんよしはる》先生が、魯迅の弟子である増田氏の『魯迅選集』を読み、「藤野先生」とは藤野厳九郎のことではないかと気付き、恒弥に知らせたのだという。菅氏はその後、直接厳九郎を訪ねた。このことから厳九郎は、魯迅が作品に書き残した「藤野先生」は自分であることに気が付き、かつての教え子である周樹人が現代中国屈指の作家、「魯迅」であることを初めて知って、大変喜んだという。しかし、詳しい経緯を知る菅氏はまもなく死去してしまったため、詳細はわからない。

昭和十一年十一月十七日に、地元の坪田利雄《としお》氏（下番出身で平成五年没、八十四歳）、新聞記者 川崎義盛、牧野久信の三人が、厳九郎の中番診療所に直接訪問した。その時の感動の様子は貴司山治が主宰する『文学案内』の「故魯迅の敬慕せる藤野先生」に記されている。なお、貴司山治が地元記者と訪問したとの記録もあるが、この辺の詳細は不明である。

厳九郎は魯迅が死去したことを知ると、昔のことで記憶が曖昧であると断ったうえで、古い昔を回顧しながら、魯迅との思い出をポツリポツリと語ったという。

その「談話筆記」が、雑誌『文学案内』（十二年三月）に掲載された「謹んで周樹人様を憶ふ」

という文章である。全文は巻末に掲載したが、ここに一部紹介する。

「……私の写真を死ぬまで部屋に掲げておいてくれたさうですが、まことに嬉しいことです。以上のような次第でその写真を何時どんな姿で差し上げたのか憶えて居りません。（中略）このために周さんの小説や、お友達の方に私を恩師として語ってゐてくれたんでしたらそれを読んでおけばよかつたですね。そして死ぬまで私の消息を知りたがつていたんでしたら音信をすれば、どんなに本人も喜んでくれたでせうに。今となつては如何とも出来ません。残念なことでした」

また、さらに、この中で少年時代に野坂源三郎から教えを受けた漢学によって、中国文化への尊敬と中国人への親しみを持つようになったいきさつを、次のように語った。

「私は少年の頃、福井藩校を出て来た野坂と云ふ先生に漢文を教えて貰らひましたので、とにかく支那の先賢を尊敬すると同時に、彼の国の人を大切にしなければならないと云ふ気持がありましたので、これが周さんに特に親切だとか有難いといふ風に考へられたのでせう。」

このような出来事や記事掲載があり、藤野厳九郎が福井県にいることが広く一般に知られるようになった。

甥の藤野恒三郎によると、魯迅は志を変えて医専を退学することになり、別れの挨拶に厳九郎を訪ねた時、「惜別」と書かれた写真をもらっている。だが、厳九郎は「何時どんな姿で差し上げたのか憶えて居りません」と語っている。この時、退学の理由を「生物学を習うため」といった魯迅の嘘を厳九郎は信じきっていたようだという。

蘭学を重んずる家風の中で育った厳九郎は、二人の息子の教育についても極めて熱心であった。患者のいない時は、いつも診療室の黒板に何かを書いて教えていた。その内容はたいてい英語、漢文、数学であったという。藤野厳九郎記念館には厳九郎自作の英語、仏語の教科書が残っている。

岩波書店から『魯迅選集』が出版される

昭和十（一九三五）年六月に岩波書店から『魯迅選集』が出版された。この中に収められたのが『藤野先生』で、日本での最初の邦訳である。魯迅から「小説史略」などの講義を受けた増田渉（魯迅の愛弟子、中国文学者）と、作家の佐藤春夫が訳した。

この出版に当たっては、この前年に増田氏は上海の魯迅あてに選集発行の知らせとともに、どういう作品を掲載すべきかについて問い合わせをしている。これに対して魯迅から十二月二日付で、次のような返事が来ている。

「『魯迅選集』は、全権にてやりなさい。私には別に入れなければならないと思うものは一つもありません。しかし『藤野先生』だけは訳して入れたい」

一九三六（昭和十一）年夏、魯迅の病気の報を聞いたので、増田は上海へ見舞いに出かけた。魯迅は増田に仙台時代の思い出を語り、厳九郎から解剖学を習い、惜別と書かれた写真をもらったこと、藤野厳九郎を一生の恩師として尊仰していると告げた。そして、その時の様子を増田は

『日本評論』十二月号の「魯迅を憶ふ」の中で、「彼が唯一の恩師と仰いでゐた人は仙台の医学専門学校にゐた時の教師、藤野厳九郎氏で、書斎に藤野先生の写真をかけ、それを仰ぎながら、所謂『正人君子』に筆伐を加えていると書いた。

今夏、久しぶりに訪ねた増田に魯迅は「藤野先生はもう亡くなったらしいね」といい、また「その家族の者もゐないだらうか」といっていた。

また、増田らが『魯迅選集』を翻訳した時、著者自身の希望で『藤野先生』を入れたが、それは「若し藤野先生か或はその家族の者がこれを見たら、何んとかその消息について知れはしないか」と期待したからであったといい、増田は「その時に、『藤野先生』を加えた理由を知った」と書き残している。

魯迅死去、享年五十五

魯迅はその年の秋、昭和十一年十月十九日に亡くなった。享年五十五。その時、厳九郎は六十二歳であった。残念ながら、二人の再会は叶わなかった。増田は『魯迅選集』の一冊を同封して、このことを厳九郎に知らせる手紙を送った。

魯迅の急死が日本でも報じられると、作家の貴司山治は、そのとき藤野が述べた感想を取りまとめた。

第五章　藤野厳九郎の評価

一　厳九郎に対するさまざまな評価

島途健一教授からの評価

厳九郎について、島途健一《しまとけんいち》教授（東北大学大学院）は次のように書いている。

「魯迅と藤野先生の出会いの意味を探ることは、私たち自身のあり方の未来に向けての意味を探ることである。（中略）国境や時代を超え得た普遍的な人間のあり方を求める作業である。また、「私たちは人の心を知り得ない。しかしそれを想像することができる」。

一般的にいえば、人柄や性格は、それほど簡単に変えることも変わることもないだろう。よって、仙台医専の教授時代からの人柄・性格・行動様式は、帰郷してからもそれほど変わらなかっただろう。

魯迅の同級生からの評価

厳九郎の性格が厳しく公正だったことは、目にかけていた魯迅の答案に落第点をつけたことから見ても明白である。もし、他の教科の点数が悪かった場合、最悪、落第したかもしれない。「藤野先生はきわめて謹直な方であり、自分の講義がわからないで済ますことができないと考え、学生に対し強い責任感を持った。藤野先生は福井県出身で、ことばの中になまりがあったから、その点も含め、理解できずに済ませたら気の毒だと考えていた」との学生の感想がある。

藤野先生の授業を受けた学生は、一様にその生真面目で厳格な人柄を強調し、ある学生は、「名のとおり厳格無比、点数は辛きをもって名高く」と回想し、「一年生落第の大半は解剖学によるものが多かった」と述べている。そして、「留学生だから物珍しがったり、同情したり、差別したり」の特別扱いしないことから、真の連帯が生まれるということを、藤野先生から教えられた」とも語っている。

並外れた厳格さは多くの場合、私利私欲をかえりみない純朴さや不器用さと結びついている。藤野先生は無欲恬淡《むよくてんたん》（あっさりしていて欲がなく、物事に執着しないこと）、見栄えや外見を気にしない。虚栄や名誉心とは無縁の潔癖さを持つ一方、頑固で融通が利かない変人でもあったとの同級生の評価である。卒業生の同窓会で、いつも藤野先生の話で盛り上がるというのも藤野先生の一途な態度が学生の心に染み入っていたからである（島途氏の文から）。

藤野先生は、中国の偉大な文豪の恩師であり、作品の中の中心人物であったにもかかわらず、誇ろうとする気は微塵もなく、換言すれば「世事にうとく、のろま」であったかも知れないが、それしかできなかった。いや、むしろ、そんな「どう生きるか」など、意識することなく生きた先生であったのだろう。

「わりあいに厳格な方で、講義も、態度でも、非常にこの、やはり、教授には教授のくせがありますけれども、授業というものに対しては、非常に真剣そのものでございました」と魯迅の同級生であった薄場実は語っている。

魯迅の同級生で、卒業後も藤野先生と交流があった小林茂雄（昭和二十年没、六十六歳）は、次のような感想を述べている。

「藤野先生は中国人に友好的であった。学生に親切な指導をした。魯迅はこのことに大変強く感銘を受けた。そこで、魯迅もまた、藤野先生が魯迅に対して行ったと同じような熱情をもって、日本の若い学者の増田渉に接した。藤野先生の教師としての対応・指導が、魯迅に感銘を与えたということである」。

郷土の人々からの評価

厳九郎は東京で臨床研修を受けて、郷里に戻り、次兄の下番の医院を任された。その後、結婚を契機に三国町で「耳鼻咽喉科」を開業したが、臨床医向きではなかったようだ。

このような事件があった。三国で開業間もない頃の話である。「腹痛の患者」が来院したが、私は耳鼻科が専門だからと、看護婦に患者を追い返させた。つまり、診療拒否である。その時、看護婦はとても困ったそうだ。そして、とても偏屈な先生だと語っていた。

この顚末を聞いた近隣の親しい友人医師が、「患者は、医者はどんな病気でも診てくれ助けてくれると思っており、そのことで信頼されている。その信頼に応えるのが医者の義務である」と強く諭したそうである。このことで、厳九郎は患者に対する考え方を改めた。ただ、診断が難しいと思う患者に対しては甥の保太郎（恒宅）の診療を受けるよう指示し、親交のあった近隣の大《おお》関村《ぜきむら》（坂井町）の野村医院への紹介もたびたび行い、付き添いまでした。

保太郎に対しては、厳九郎は叔父の立場ではなく、自分より優秀な臨床家とみていた。このことは、厳九郎自身の学究的な性質によるもので、開業医としてのプライドにはこだわらなかったからである。正直で、自己に厳しい彼の人柄が関係しているのだろう。

しかしながら、村人から嫌がられた面もある。村人からいただいた食べ物を裏庭に捨てるという行為である。これは、きれい好きの性癖がそのようにさせたのであるが、差し上げた者から見ると嫌な気持ちになる。また、蝿《はえ》が焼魚にとまったのを見て、その魚を捨てさせたという話もある。

少し変わった性癖として、「頑固」がある。店で食事をしていた時、厳九郎自身で考えて注文したのに、給仕する者がサービス精神で、注文した以外の食べ物を持ってきた。それを見て、「頼んだおぼえがない」といって返したという。まさに頑固な性格である。しかし、このように

「頑固ではあったが、人格的には稀有《けう》の人」との評価があった。

その他の性格として、これとは対のようなエピソードがある。村人の一人（親戚？）が、隣県石川県にある金沢連隊に幹部候補生として入隊することになった時、「鞍上人無く、鞍下に馬無し」（乗り手が馬を巧みに乗り回し、一体となって疾走する。また、乗馬に限らず巧みな操作ぶりをたたえるとの意味）との葉書が届き、「藤野先生の教養の高さを感じた」と語っている。林哲男は「彼の人柄を一言でいえば、律儀さではないか」と語っている。このように、厳九郎は、まさに愛すべき純粋さを持ち合わせていた。

以上のように、村人からは「厳九郎は偏屈だ」といわれることも多かったが、このような外面からはわからない優しさももっていた。それは、厳九郎の次のような自筆書簡からもわかる。

第四高等学校在学中の長男恒弥にあてた手紙の末尾に「多くもない肉親の間柄ゆえ何なりと龍弥（次男）に土産一点携えて、兄弟の親愛を発露されたく、他事ながら申し添え候」と、表現は硬いが愛情に満ち溢《あふ》れた手紙もある。

厳九郎は謹厳な人物であったが、このように、そのどこかに優しさを秘めていた。明治の父親たちは自己表現が下手で、優しさを素直に表すことができなかったのかもしれない。魯迅が留学生という特別な立場にあったからこそ、厳九郎はその優しさを率直に表すことができたのだろう。

厳九郎は郷里で開業医になったことから、栄誉や高給とは無縁になった。若い時に東京大学で解剖学を勉強し、仙台でも学術論文を書くなど、努力していたことから考えると、無念さがあったことだろう。しかしながら、郷里に戻り、村人と接するうちにアカデミズムさから遠のくことになったが、基本的には少しも変わることはなく、彼は一介の田舎の医者として、村民たちから敬愛と畏敬の念を抱かれながら暮らした。もし魯迅が『藤野先生』を書かなかったとしても、その地域の人々から、それなりの尊敬は得られただろう。

厳九郎が魯迅についての感懐を表したものとしては、魯迅の同級生小林茂雄にあてた手紙がある。要約すると、「周（魯迅）さんが泥棒であろうと、学者であろうと、また、君子であろうとそのようなことは関係なく、たった一人の中国人留学生でしたのでお世話するのは道理です。私は、学生生活について、いろいろ便宜を図り、楽しく勉強できるようにしましたが、退学されて遺憾に思います。（中略）親切に丁寧に教えることであり、周さんだけを特別に可愛がった訳ではありません」と書かれている。

中国語専門家からの評価

永末嘉孝《ながすえよしたか》教授の文を紹介する。「藤野先生は、いったいどこが素晴らしかったのであろうか。藤野先生の何が魯迅をして、『良心を発し、かつ勇気を加え』させたのであろうか。藤野先生による『謹んで周樹人様を憶ふ』の追悼文のなかで、次のようなことが書かれている。『私のことを唯一の恩師と仰いでゐてくれたさうですが、私としましては、最初に云ひましたように、たゞ、ノートを少し見てあげた位のものと思ひますが、私にも不思議です。』このように、藤野先生はあくまでも謙虚であり、ここに実直な人柄が表れている。

また、『惜別と書かれた例の写真についても、その写真を何時どんな姿で差し上げたのか憶えて居りません。卒業生なら一緒に記念撮影もするんですが、周さんとは一度も写したことがありません。どうして手に入れられたのでせうか。妻がお渡ししておいたのかも知れません。私もそう言はれるとその頃の自分の姿を見たいように思ひます。』と一見、とぼけたように書いているのである」。

魯迅は本文で、「かれが私に熱烈な期待をかけ、辛抱強く教えてくれたこと、それは小にしては中国のためである。中国に新しい医学の生れることを期待したのである。大にしては学術のためである。新しい医学の中国へ伝わることを期待したのだ。（竹内好新訳）」と書いている。学問に国境はないというグローバルな視点・考え方の人物に書いている。執筆当時、日中は戦争状態にあったので、魯迅の立場を明確にすることは非常に危険であるが、あえて、藤野先生という素晴らしい「日本人」を書くことで、日中関係に対して魯迅の考えを示したともいえる。

さらに、「写真もいつ差し上げたのか憶えてない」「（外国人への）添削など、ごく当り前のことをしたにすぎない」といった藤野先生の返答は、そのこと自体素晴らしいことであり、藤野先生の学問に対する厳しい姿勢を、厳九郎自身の思いとは別に魯迅に対して、強く印象付けたのだろう。

中国人に対する魯迅の評価

内山完造《うちやまかんぞう》によると、以下のとおりである。「藤野厳九郎と魯迅の頑固な者に共通するものがあるとすれば、何であろうか。しいて言えば、《誠実さ》であり、そして《自分の原則を持っている人》、man of principle ではなかろうか。さらに、そこから発する若者のための教育に対する熱意、「青年の磁石」であったことが指摘できるだろう。

来日してまもない魯迅が友人たちと故国の国民性についてよく議論した。日本にあって中国にないものは何か。それになぞらえて言えば、一方における《誠実さ》であり、その対極に《馬馬《マーマー》虎虎《フーフー》（いい加減である、大ざっぱである、なおざりである）の意味》、《没法子（しかたがない、しようがない）の意味》がある。

魯迅は、短期間だが藤野の講義・指導を受けて、そこに誠実さを見出し、感動したのではないか。それは、故国の近代化の前提として不可欠なものである。魯迅は日本が中国を侵略している時でさえ、「日本人の美徳、《真面目さ》についてはなお学ばなければならない」と述べた。

丸山昇『魯迅』の中に、魯迅の言葉として「中国人にもっとも欠けた言葉は『誠』と『愛』である」とある。私たち日本人にとっては、ごく普通の倫理感のようだが、魯迅の中国人評価はこのようなものであったのかもしれない。

寺島実郎《てらしまじつろう》は、その著『二十世紀と格闘した先人たち』の中で魯迅を挙げているが、本文中の小題は魯迅が否定した馬馬虎虎である。

厳九郎の結婚観

仙台時代の記録に、学生による藤野先生の評価は、「みすぼらしい服装云々」、「人力車に乗らない」や「結婚していない」等との記載がみられるが、厳九郎はすでに結婚していた。

厳九郎の結婚観を二つ記載する。その一つ。厳九郎が愛知医学校で働いていた時、偶然知りあった女性がいた。名前を〝加藤りか〟といい、名古屋出身であった。両親はなく、弟と二人で暮らしていた。りかは母から習った三味線、琴が弾けるので、偶然、藤野ら医学校の同僚たちの酒席に手伝いとして出ていた。ほっそりした色白の美人であった。

厳九郎は薄幸な彼女に同情し、結婚を申し込んだが、彼女は「身分が違う、それに自分は胸の病を抱えている」と断る。しかし、厳九郎は正直な人だと思って、想いがつのり、二人は結婚した。このことは、「半玉《はんぎょく》（関東地方を中心とした花柳界における芸者の見習いのこと）をめとるのはけしからん」と医学校で問題になったが、むしろ、厳九郎の一途な人柄を感じさせる話である。

二つ目は、帰郷した昭和三十年頃、厳九郎は柳川素直の妻フジ子（七十五歳）に「結婚は好きなもんとするのが一番いい」と話し、「妙にしみじみと話して下すったんで印象に残っているんです。家庭でおもしろくないことでもありましたんでしょうか」と語っている。これは、厳九郎夫婦の不仲説（年齢差・価値観の違いともいわれている）を暗示した内容であるが、いずれにしても、厳九郎の結婚観が見えて大変興味深い。

二　思想形成・考え方・人格形成に関与した人々

儒学者　野坂源三郎

厳九郎が魯迅を感動させ、魯迅は「藤野先生」という作品を書いた。この感動は、どこから生まれたのであろうか。

厳九郎は、前にも述べたように、野坂源三郎の私塾で漢学を学んでいる。

魯迅に対する姿勢は野坂から学んだ。漢学は、厳九郎にとって重要な教養であった。この知識は中国が高い文化をもった国であることを理解させ、中国人に好意を示すことにつながった。魯迅だけでなく、他の中国人留学生についても厳九郎はいろいろと配慮したようである。厳九郎の遺品の中には、他の中国人留学生からの手紙がある。

藤野厳九郎記念館には、野坂源三郎が厳九郎にあてて書いた手紙がある。現代文に訳して示す。

「ところで、為庶（厳九郎のこと）の二字に背いていないか、毎朝反省していただきたく、一方では志を高く持って日常生活のあいだ、いつも孟子のような昔の聖人は平素どのような心がけで生活していたか、いろいろ考えられることが大切です」。

父 昇八郎と蘭学者伊藤慎蔵

厳九郎の人格形成に影響を与えた人物は、このほかにもたくさんいるだろうが、私は特に、父 昇八郎と仙台医専の山形仲芸の二名に注目した。

昇八郎は厳九郎が幼年期に亡くなっていたが、幼い時、野坂源三郎に「漢文」を習わせていた。その後の学術的・直接的影響は不明であるが、厳九郎は父の功績等を十分に知っていたと思う。その功績とは、蘭学に関することや、当時、非常に有名だった緒方洪庵の「適塾」に関することである。

大野藩の伊藤慎蔵（元適塾の塾長）との手紙のやり取りから、昇八郎の医学能力や活動が明らかになった。すでに適塾（緒方洪庵）と昇八郎との交流は明らかになっているが、伊藤慎蔵と昇八郎との手紙の解読で、三名の関係がより鮮明になった。厳九郎は、子供ながらも、父の偉大さや実績を肌で感じていたと推測する。

もう一人は、仙台医専の山形仲芸校長だ。山形は厳九郎と同郷の福井市出身である。魯迅の仙台医専入学が決定してから、山形は魯迅の「保証人」として厳九郎に期待したと推測する。また、厳九郎は、困ったときには山形に何かと相談したのではないだろうか。厳九郎の教授としての残留についても、山形はあらゆる努力を行ったと推測する。

伊藤幸治先生による「解説文」

昇八郎と伊藤慎蔵との交流については、この度、伊藤幸治先生に「解説文」を書いていただいたので、ここに添付する。

（伊藤幸治：昭和十二年、福井県大野市生まれ、福井県立藤島高校卒。東京大学医学部および医科系大学院博士課程を卒業。医学博士、米国ニューヨーク州立大学留学、元東京大学内科学教授［専門：アレルギー・リウマチ学、呼吸器病学、温泉療法］）。

藤野厳九郎氏の父 昇八郎氏と大野藩洋学館館長
伊藤慎蔵氏との交流について

元東京大学医学部教授　伊藤幸治

二〇二二（令和四）年六月記す

はじめに

私が福井市にある県立藤島高等学校三年生の学年末の頃、坂井郡出身で同じクラスであった級友、高間新三氏より、魯迅著「藤野先生」の藤野厳九郎教授のことを初めて聞き、福井県にそういう人が居られたことに驚き、大いに興味を持った。大学に入学後、早速、本を買って読んで大いに感銘した。

魯迅が仙台医専に留学した時、日本語がまだ十分わかっていない魯迅のために、藤野厳九郎教授（解剖学）が授業後に魯迅のノートに朱筆を入れて訂正したという内容で、藤野教授の労苦と親切心は並大抵のことではなく、同氏の立派な人柄がにじみ出ている。後年、魯迅がその事を著作に著したのは、彼がいかに感激したかが伺える。

さて、私の郷里大野市に「大野藩洋学館跡の碑」と「幕末大野藩に遊学した人々」の碑があり、後者に遊学した人々のリストがある。その中に、越前坂井郡本荘　藤野昇八郎　安政五年三月二十九日（到着日）とあった。大野市に帰省してこの碑を見るたび、藤野昇八郎という人は出身地から見て、魯迅著「藤野先生」の藤野厳九郎教授と親族関係にある人であろうと推測されたが、それ以上の事はわからなかった。

最近、かねてより日本温泉気候物理医学会で知り合いである松井利夫氏（「藤野先生」を継続的に顕彰する市民の会代表）より昇八郎氏は厳九郎教授のお父様であることを教えていただき、長年の疑問が氷解した。また、松井氏より大野市に残っている大野藩洋学館館長伊藤慎蔵氏から藤野昇八郎氏あての書簡とその現代文訳（大野市史編纂室、斎藤紀子氏訳）を送っていただき、伊藤、藤野両氏の密接な交友関係を知ることが出来た。

私は平成十一年に大野藩洋学館館長伊藤慎蔵教授の顕彰碑を建立したので、伊藤慎蔵氏の紹介をかねて、顕彰碑建立の経緯を以下に記す。

平成十一年（一九九九年）蘭学者　伊藤慎蔵顕彰碑建立の経緯

大野藩最後の藩主、土井利忠公は西洋の技術を取り入れ、それを広めるため大野藩洋学館を建て、教授として大坂から緒方洪庵の適塾塾頭の伊藤慎蔵を招いた。その頃天然痘が流行し、藩主の子息の一人も罹患して死亡したので種痘を広める目的もあったという。緒方洪庵は弟子に痘苗を分け与えていたからである。

大野藩は他藩の多くがその頃、赤字経営に陥っているのに、洋学館を建て、高給で教授を招くほど財政が豊かだったのは、幕末の藩主　土井利忠が藩政改革をやり、藩が商業をおこなったからである。まず奥地の面谷《おもだに》鉱山を管理下におき、産出する金、銅を関西方面で売った。次に大野丸という船を作り、蝦夷地から海産物を運んできた。さらに大野藩は大野屋という商店を全国各地で開いて上記の蝦夷地海産物や越前和紙など特産品を販売した。このような改革には内山家老が大いに活躍し、その屋敷は現在、大野の観光スポットになっている。

大野藩洋学館には越前をはじめ北陸その他から大勢の塾生が集まり、加賀大聖寺藩の漢学者に預けられていた緒方洪庵の子息、平三、四郎の二人も、洪庵に無断で大野藩洋学館に移って来た。緒方洪庵の適塾にくわしい大阪大学の梅濱　昇教授は、大野藩洋学館は適塾の姉妹校であると論文に書いておられる。

緒方平三氏の曾孫が東京大学医学部血清学の緒方富三教授で、私の学生時代に授業を受け、また実習の際には手をとって教えていただいた。

さて、大野藩洋学館 伊藤慎蔵教授は長州、萩の町医の家に生まれ、一念発起して緒方洪庵の適塾に入塾した人である。

西岡まさ子著の『緒方洪庵の妻』によると、他の塾生の多くが出身藩をバックに入塾したのに対し、伊藤慎蔵氏は長州藩のバックもなく、従ってお金の持ち合わせもなく、野宿を重ねながら緒方塾までやってきたそうである。しかし、せっかくやって来たのに身元引受人がないため最初入塾を断られたが、幸い引受人になってくれる人が出てきて、やっと入塾でき、学力で頭角を現し、塾頭にまでなり、塾生の尊敬を集めた。在塾中にロシアのプチャーチンが大坂に来航したとき、幕府の依頼で通訳人を務めた。

そのような彼がはるばる田舎の大野にやってきたのは、貧乏な一族を養わなければならない立場にあったので、大野藩の示した高給に惹かれたためという。彼は教授を勤める傍ら、兵学や物理、化学の蘭書を翻訳した。退官した理由は医師で郷土史家の岩治勇一先生から伺った。大野藩でも尊王攘夷か開国佐幕かの議論が盛んになってくると、攘夷派の一部が洋学者を敵視し、襲撃するおそれがあったという。教授を辞したあと、現在の神戸市内の名塩で塾を開いた。

緒方塾で門外不出であった蘭日辞書は緒方塾が閉じられると間もなく一部が散逸したが、大野藩では明治維新後も全巻が残り、大野高校の貴重な蔵書となっている。

慎蔵は明治になって文部省の役人になったが、薩長土肥の武士出身者や京都からの貴族出身者に差別を受けて嫌気がさして退官し、まもなく病気になり貧窮のうちに死んだ。愼蔵は東京駒込高林寺にある緒方洪庵の墓の隣に葬られたが、道路改修の際、彼の墓だけが取り去られてしまったそうで、気の毒である。以上の話の多くは岩治勇一先生から伺ったところによる。

愼蔵は新時代の人材を養成したし、進んだ西洋の学問を取り入れ、ロシアとの外交にも役割を果たすなど功績があったにもかかわらず、緒方塾の福澤諭吉、大村益次郎、長与専斎、橋本左内などに比べると無名である。私は彼の業績はもっと知られてしかるべきと思った。そこで、私は親戚関係はないが同じ伊藤の姓であるし、緒方洪庵のご子孫である緒方富雄先生の教育を受けた身でもあるので、顕彰碑を建てることにした。実家の兄が大野市当局と交渉してくれて、洋学館跡で、塾生リストの碑が建っている隣に顕彰碑を立てて大野市に寄付した。平成十一年（一九九九年）の除幕式には伊藤愼蔵氏の曾孫にあたる方で、大阪府庁勤務の中西秀樹氏も出席してくださった。

藤野昇八郎と伊藤愼蔵との密接な交友関係について

藤野昇八郎は弘化三（一八四六）年に緒方塾に入門し、伊藤愼蔵は嘉永二（一八四九）年に緒方塾に入門している。

伊藤愼蔵は安政二（一九五五）年十二月九日に大野に到着し、大野藩洋学館の教授に就任した。

伊藤慎蔵から藤野昇八郎あての手紙は安政三（一八五六）年五月二十三日から文久元（一八六一）年六月二十四日までの十二通が残っている。その間に藤野昇八郎は安政五（一九五八）年三月二十九日に大野に来ている。最初の手紙で、慎蔵が昇八郎に「八年前の厚情に感謝し、……今秋は是非お越しください」とあるので、両人は緒方塾での親友で昇八郎は大野に遊学というよりは、たびたびの招きで旧交を温めるために訪れたのではないかと思われる。慎蔵が昇八郎に馳走になったことへのお礼をたびたび述べていることから、慎蔵は昇八郎を何度か訪れていると思われる。

昇八郎から慎蔵へは、酒、ブリ、鮮魚、醤油、海苔《のり》、常陸焼などが送られてきて、慎蔵から昇八郎へは、鮎《あゆ》の干物、鮎のなれずし、猪肉、短筒（ピストル）などが送られ、短筒の手入れ方法も書き添えている。短筒は非常に物騒な時代を反映しているように思われる。

学問に関しては緒方洪庵より、数度に分けて慎蔵に送られてきた「扶氏経験遺訓」（ベルリン大学内科学教授フーフェランドの著作を緒方洪庵が訳した本）を昇八郎に転送し、また「扶氏薬方編」の写しも送っている。ほかに慎蔵より昇八郎に坪井信道《つぼいしんどう》（蘭方医）著の本を送ってくれるよう頼んでいる。慎蔵は大野滞在中に、颶風新話（航海学、気象学書。颶風はつむじ風）、築城全書を訳し、前者を昇八郎に謹呈することを約束している。

慎蔵は、大野藩に在籍のまま、文久元年八月に大野を出て、大坂に移住した。

緒方洪庵の息子と伊藤慎蔵、藤野昇八郎

緒方洪庵は息子 平三と四郎を緒方塾の門人である大聖寺の漢学者 渡辺卯三郎《わたなべうざぶろう》のもとに送り、二十歳までのつもりで漢学を学ばせていたが、二人は洪庵に無断で大野に来て、安政三年六月三十日に伊藤慎蔵の大野藩洋学館に入学した。平三は十四歳、四郎は十三歳であった。その時、洪庵の妻の父、億内翁助が大野へ来て立ち会っている。洪庵は大変驚き、息子二人を一時勘当している。

しかし、洪庵は昇八郎が大野へ来た時に、二人の息子に品物を贈ったことに対し、お礼の手紙を出している。また昇八郎にたびたび手紙を出し、当時全国的に流行した虎狼痢《コレラ》の治療法「キナ塩」療法を教えており、昇八郎の所有する洪庵著『虎狼痢治準』の追加書を送っている。また大野藩家老の内山七郎右衛門にもたびたび手紙を出し、息子二人のことを頼んでいる。

橋本左内と伊藤慎蔵、藤野昇八郎

伊藤慎蔵が大野藩洋学館館長をしていた時の安政六（一八五九）年十月七日に、幕府の大老、井伊直弼《いいなおすけ》の「安政の大獄」により越前藩士、橋本左内がわずか二十六歳の若さで処刑された。慎蔵は安政六年十一月三十日の昇八郎宛の手紙に「橋本左内のこと、お聞きになられましたか。なんとなげかわしく、耐え難いことです。そんなにも悪いはかりごとをする者と

はおもわれません、どのような天罰だというのでしょうか」と書いている。
　橋本左内は緒方塾で藤野昇八郎、伊藤慎蔵の後輩で福井藩の俊英である。橋本左内の生涯については本宮孝彦『橋本左内』に詳しく書いてあるので、ここでは割愛させていただくが、緒方塾から多くの政治的、教育的指導者を生み出し、その精神は藤野厳九郎氏にも伝わっていると思われる。

戦後の出来事と福井県の自治体・大学の友好関係の取り組み

一九五六（昭和三十一）年
　魯迅夫人の許広平氏が来日するも過労のため欠席。藤野厳九郎の墓に内山完造氏が代理でお参りした。

一九六〇（昭和三十五）年十二月
　仙台に魯迅記念碑建立。翌年四月除幕式。このことを受け、貴司山治氏が地元有志に「福井に厳九郎の碑の建立を」と呼びかけた。

一九六四（昭和三十九）年四月
　福井市足羽山に「惜別」碑が建立。記念碑のデザインは彫塑家の雨田光平氏（昭六十没、九十二歳）。写真裏面の「惜別」という二文字は厳九郎直筆。

足羽山にある「惜別碑」（著者撮影）

謹呈周君　惜別　藤野（あわら市提供）

一九六四（昭和三十九）年四月十二日
「惜別の碑」の除幕式。福井新聞社講堂で記念講演会、増田渉・竹内好・中野重治・貴司山治・藤野恒三郎ら各氏が講演。

一九七九（昭和五十四）年
青園謙三郎が斎藤芦原町長を訪ね、藤野厳九郎顕彰会の発足を促した。

一九八〇（昭和五十五）年五月
令息 周海嬰氏を招いて、下番公民館前に「藤野厳九郎碑」を建立。碑面の題字は周海嬰氏。

一九八三（昭和五十八）年五月
芦原町・紹興市友好市町締結調印式。

一九八三（昭和五十八）年
芦原町と紹興市が友好都市協定を締結。

一九八四（昭和五十九）年
旧宅と遺品が芦原町に寄贈され、移築されて藤野厳九郎記念館が開設された。また、国際交流センターに厳九郎関連の資料も展示。

一九八六（昭和六十一）年八月
第一回目の芦原町日中友好親善少年使節団（二十五名、団長 山岸嘉三教育長）が中国へ出発（二十三日～二十八日の六日間）。

一九八九（平成元）年十一月	福井市と杭州市の友好都市締結には、「中国浙江省から留学生を迎える会」田中廣昌氏が尽力。
一九九〇（平成二）年六月	福井県と浙江省　友好協力協定締結。
一九九〇（平成二）年七月	「藤野厳九郎と魯迅の像」の除幕式。周海嬰夫妻、藤野幸弥氏。
一九九一（平成三）年三月	芦原中学校と紹興師範専科学校付属中学校との友好交流推進の合意調印。
一九九二（平成四）年五月	福井医科大学と浙江医科大学の両大学の学術交流の締結には、当時、福井医科大学に留学しており、その後帰国し、浙江省医学科学院院長となった張幸医学博士が橋渡しとなり、この締結に大いに貢献した。この方の尽力なくして締結はあり得なかっただろう。
一九九三（平成五）年七月	芦原町紹興市友好都市締結十周年記念式典。
一九九三（平成五）年十月	福井県と浙江省友好提携協定書締結。
二〇〇〇（平成十二）年二月	福井医科大学（現・福井大学医学部）と浙江大学医学院との交流。

二〇〇三（平成十五）年十一月	芦原町・紹興市友好市町締結二十周年記念大会。
二〇〇四（平成十六）年三月	福井県・浙江省友好提携十周年等で、「魯迅展」を福井県国際交流会館にて開催する。この企画は福井テレビ開局三十五周年、福井新聞創刊百五周年の年にあたる。後日、「魯迅 その生涯　海を越えて」が編さんされたが、その中の記事を一部紹介する。福井県の日中友好の先覚者（「井戸を掘った人」は郷土史家の青園謙三郎氏）。この冊子に、北京・上海魯迅記念館名誉顧問「池田大作」氏からの祝辞がある。
二〇〇六（平成十八）年	藤野厳九郎と魯迅 惜別百年 記念事業があわら市で開催され、「遠い火」をＮＰＯ法人劇団仙台小劇場が行った。
二〇〇八（平成二十）年九月	県立金津高校と魯迅高級中学校との姉妹校提携。
二〇一一（平成二十三）年十一月	藤野厳九郎記念館移築オープン。
二〇一三（平成二十五）年十月	坂井市と中国嘉興市との友好都市締結。

二〇一三（平成二十五）年十一月

二〇一八（平成三十）年十一月

二〇二一（令和三）年八月

二〇二二（令和四）年五月

あわら市・紹興市友好都市締結三十周年記念式典（紹興市人民政府代表一行十名及び紹興市経済貿易訪問団一行六名来市（～五日）。

あわら市・紹興市友好都市締結三十五周年記念式典。

「市民が語る生前の藤野先生」（あわら市制作）の映像をユーチューブで公開（映像撮影：フォト&ムービークリエイトオーガスタ、小川浩之氏）

中国紹興市第四届国際友城大会（あわら市と共に、『藤野先生』を継続的に顕彰する市民の会」も招待され、ズームで参加した）。

第六章　魯迅の生涯

生い立ちと南京時代

魯迅は、清国浙江省紹興府会稽県（現在の中華人民共和国浙江省紹興市）の周という家（士大夫）の家系の長男として一八八一年九月二十五日に生まれ、死亡は一九三六年十月十九日である。周一族は原籍が湖南道州で、一五〇〇年代に紹興に移住した。魯迅はこれより十四世に当たる。一族は商業で財を成し、第六世が科挙に合格し、挙人となり、士大夫階級（旧中国における支配階級のこと）になった。

周家は大族であり、一族は九十名が市内三ヶ所（新台門など）に分住し、紹興城内の新台門（おそ千坪）敷地内に住み、魯迅の興房では十親等に当たる人まで含む数家族が数十名住む大家族であった。

父は周伯宣（鳳儀）、母は魯瑞。父は科挙受験資格試験に合格したが、挙人にはなれなかった。

一説では「アヘン中毒」だったともいわれている（丸山昇著「魯迅」十一頁）。母は近郊農村安橋頭の士大夫の娘で、その父は挙人（地方試験合格者）で男兄弟は秀才であった。彼女は独学で読み書きを覚え、纏足反対運動や断髪するなど開明的な女性であった。

ちなみに、毛沢東に継ぐ中国共産党の実力者であった周恩来《しゅうおんらい》（江蘇省　一八九八年生まれ）は、魯迅と同じ浙江省紹興を祖籍とする旧家に生まれた。祖父の代に淮安に移ったが、一九一七年十月、十九歳の周恩来は日本に留学し、日本語を学習した。

当時の中国では、子供の時と成人してからとでは名がちがったが、本書では主に「魯迅」と呼んでいく。ただ、東京や仙台滞在中では「周樹人」を用いることもある。

魯迅には二人の弟がいた。文学者・日本文化研究者である四歳下の周作人（一八八五年～一九六七年）と、生物学者である七歳下の周建人（一八八八年～一九八四年）である。

魯迅は満六歳（一八八七年）から家塾に通い、十二歳の時、三味書屋で『四書五経』を寿鏡吾先生から学び、科挙試験に備えた。当時の様子は『朝花夕拾』の「百草園から三味書屋へ」に詳細に書かれている。

魯迅は幼少の頃から自然科学、特に植物学が好きで、標本を作ることができた。魯迅が十三歳の時（一八九三［明治二十六］年秋）、祖父 周福清が科挙の不正事件を起こし、七年間投獄された。

一八九八年、魯迅は紹興を離れたかったこともあり、南京の伯（叔）父 伯升を頼って、南京の江南水師学堂（海軍の学校の意味）に入学したが、半年で退学した。理由は授業内容が、英語、古文、文語の作文であり、魯迅が望んでいたものではなかったからだった。

一八九九年、江南陸師学堂附設鉱務鉄路学堂（陸軍附設鉱山鉄道学校の意味）に第一期生として入学した。ここで魯迅は、西洋の自然科学、物理・化学・地質学・測量・ドイツ語を習い、「非常に新鮮だった」と回想している。

一九〇二年一月、魯迅（二十一歳）は、この学堂を三番の成績で卒業し、同年四月に魯迅ら卒業生六名は、江南陸師学堂の卒業生二十二人とともに日本へ留学した。この年の秋に、以後親友となる許寿裳が入学してきた。彼はその日に辮髪を切ったが、魯迅は翌三十三年に切った。

（以上、「生い立ちと南京時代」は「魯迅生平史料匯編」を参考に書いた（薛綏之《セッスイシ》著、天津人民出版社、一九八三年））。

東京時代と仙台時代

魯迅らは、弘文学院普通速成科への入学第一期生となった。魯迅の日本での進路は清国の政府の意向・都合で決定されたが、その後の展開から進路選択に魯迅自身の意志がはたらき、仙台を志望し、決定されたことや、仙台を去ったあと東京でドイツ語学院へ留学している。いずれも官費留学であり、魯迅は優秀であったことから、進路選択の自由度は高かったのではないかと推測する。

魯迅が留学前後に、「医学」進学を決めたということについて、北岡正子は、「『吶喊 自序』などに書かれた医学志望の動機・経過は、執筆時期を考えれば明らかだが、留学当時の魯迅自身の考えそのままではない」と書いている。陸軍士官学校入学のための予備校の成城学校であったことからも明らかなように、ここには「医学」のことはない。北岡は、「この時期の清国留学生の一般的な状況のもとに魯迅を書くのであって、後世に偉大な文豪となった魯迅を遡及して語ることはしない。つまり、個人の資質を肥大化したり、神格化したような魯迅像はよくない」と考えるのである。

その点で見ると、魯迅の青年期には、かなり「民族主義（漢民族の優越性を隆盛させようとする思想）」を胸に宿し、鉱山や鉄道といった、国の発展に関することを学んでいたことからも、このように推測される。

魯迅が医学を学ぼうとしたのは、父の病気が漢方医の治療でよくならなかったことと、日本の明治維新が西洋医学の輸入から始まったという知識があったので、それを学ぼうと考えたなどの様々な理由があったが、同時に西洋の文学や哲学にも心惹かれたようである。中国の虚しく陳腐な古い教育（例えば、科挙試験問題）は、海外の列強国と比べて抗すべくもない。腐敗と朽ち果てた政治も比べようもない。粗悪拙劣の工芸も同様に比べようもないと考え、国を強くするには、人材育成が重要であると考えたのだった。

二度目の東京時代

一九〇六（明治三十九）年三月春、魯迅は仙台医専を退学して東京へ戻り、同年六月に母親の決めた許嫁の朱安と結婚するため、故郷の紹興に一時帰国した。朱安は纏足で、文字も読めない女性であったが、資産家の娘といわれている。短期滞在の後、弟 周作人を連れて東京に戻った。二度目の東京暮らしは、ドイツ学協会付設ドイツ語専修学校（現・獨協大学）に籍を置いたが、もっぱら、書店・古書店で雑誌を買いあさり、文芸評論と欧米文学紹介等を行っていった。

魯迅は、「文芸は世情を移し変え、社会を改造することができるものだ」という考えをもち、親友の許寿裳と弟 周作人とで、文学雑誌『新生』を立ちあげた。

魯迅は仙台時代から漱石の日本語普及活動に注目し、漱石を愛読した。また、一九〇八年に、魯迅兄弟と許寿裳らは、昔、漱石が住んだことのある本郷西片町の下宿を借りて共同生活を送ったことがあり、合計五人で住んだことから、「伍舎」と命名した。そして、章炳麟の下で学び、国文を勉強しながら、同時にドイツ語も勉強していた。弟の周作人は、前年（一九〇七年）秋に法政大学清国留学生予科に入学し、その後、立教大学にも入学した。

帰国

一九〇九年八月、魯迅は七年余りに及ぶ日本留学を終え、帰国した。ドイツへ留学する希望をもっていたが、故郷にいる母一家への仕送りなどの経済負担もあったので断念した。

同年九月に親友の許寿裳（教務長）の紹介で、杭州浙江両級師範学堂で教員となり、人体生理学と化学の教員になる。生理学の講義では生殖系統の講義も行った。当時としては破天荒なことだった。魯迅の仕事ぶりはまじめで、親近感を持たれており、教師の代行も行い、国文教師の作文添削を補助した。魯迅の人柄、教育態度は素晴らしかったとの評価が残っている。

また、魯迅は学生に命じて「死体解剖」を行い、仙台で医学を学んだ時の「解剖」の経験を学生に話した彼は、学生の求めに応じて慣例を破り、生理学の授業では生殖系統から始めた。

このような事実は、仙台を去る時に藤野先生がいった「解剖学は役立たない」との予想に反している。『藤野先生』という短編小説は、かなり後に書かれたことから、あえて「藤野先生の別れの時の言葉」を書いたのだろう。よって、私は「本当に藤野先生が、このように発言したのか」本当のところ、判断できない。

帰国当初、魯迅は、浙江省の最高学府では辮髪カツラを着用した。教員のほとんどは元日本留学生であった。生物学関連の日本人教師の通訳もした。学生とともに植物採集にも出かけた。その時の服装は、「灰色の綿入れを着て軍帽をかぶり、さっそうと生徒の前に登場した」と記録にある。このような講義実習方式は、当時の封建礼教に対する挑戦ではなく、科学的な妊娠の知識を教え、〝輪廻〟といった運命論を批判するためのものであった。

その後、魯迅は、故郷紹興の紹興府中学堂に転勤し、教務長となる。博物学を担当し、「生理学」「解剖学」「保健衛生知識」も教えた。秋には南京の南洋勧業会（産業見本市の意味）に生徒を引率した。

魯迅が積極的に地元での教師を希望したかどうかは不明だが、以後、二十年間、教育に従事してきたことから、「教育者としての魯迅」はこの時から始まったと考えることができる。

一九一一年、浙江山会初級師範学堂の校長になるが、その後、ここも辞職した。

一九一一年十月に辛亥革命が起こった。一九一二年一月に清国は滅び、中華民国になり、袁世《えんせい》凱《がい》の軍閥政治がしばらく続いた。

一九一二年に郷里紹興の先輩である蔡元培の推薦で南京臨時政府教育部の政府職員となり、五月からは北洋軍閥政府教育部に入った。袁世凱は「尊孔読経」、孔子をあがめ、論語を読むことを提唱したが、魯迅は「尊孔読経」に反対し、伝統文化・芸術の整理を行った。そして、実用主義教育思想批判を行った。

一九一六年に、蔡元培が北京大学学長になり、魯迅は一九二〇年秋から一九二六年夏まで、北京大学や北京女子師範学校の講師を務め、中国小説史を教え、短編小説や散文詩を執筆発表した。

さらに、古典研究と翻訳活動を行った。教育者であり、文学者の一面を表している。ここで読者の皆さんは、魯迅が「白話運動」の実践者であり、その魯迅が、中国の「古典」の講義を行っていることに注目してほしい。実は魯迅は、古典の素養があり、かつ、現代文（白話）にも長じていたのである。一九二三年中国史略を刊行した。雑誌『新青年』の一九一八年五月号に、白話文小説『狂人日記』を発表し、この中で「食人（カーニバル）」風習を書いている。この時初めて「魯迅」のペンネームを用いた。

翌一九一九年五月に「五四《ごし》運動」が起こった。五四運動とは、パリ講和会議に反発して、日本の二十一カ条撤廃を要求した中国の民衆運動である。

一九二一年、代表作『阿Q正伝』を書いた。

一九二二年（四十一歳）、『吶喊 自序』を執筆した。同年五月に北京女子師範大学事件に関する宣言を発表した。

一九二五年には北京女子師範大学で学園紛争が起こり、学生処分に反対する魯迅は処分派の論者と大論争を展開、これを機に彼は雑文（論争文）に力を注ぐようになる。

一九二六年、魯迅は北京を脱出して厦門大学に向かい、ここで古典文学研究を進めながら『朝花夕拾』を執筆した。このことは、「藤野先生」の執筆の約四年前に『吶喊 自序』を書いているので、例えば「医学に進みたいとの動機」の記述は、『吶喊 自序』での記述が先であることに注目すべきと考える。

一九二六年に「三・一八事件」、すなわち、反軍閥、反帝国主義デモ運動に対する弾圧事件（軍隊が発砲して四十七名が死亡）が起こった。魯迅は「三月十八日、民国以来、もっとも暗黒なる日」と呼んだ。

一九二七年、汽船で広州から上海に向かった。

魯迅は教え子である十七歳年下の許広平《きょこうへい》と上海郊外のおしゃれなマンションで同棲し、一九二九年に長男が生まれると、一家で毎週のようにハイヤーで上海都心の映画館へ通い、当時はやりのハリウッド映画を多く観ている。

一九三〇年代、魯迅の作品は、国民党政府によって、しばしば発禁処分にされており、反体制文学者との烙印《らくいん》を押されていた。

一九三〇年代、上海では、近代的市民社会が形成されつつあったことがうかがえる。同時に上海では、新聞発行部数の急増が物語るように大衆文化が萌芽期を迎えていた。上海メディアは文化情報ばかりでなく、センセーショナルな話題も提供して、多くの読者を獲得しようとし、魯迅の私生活もゴシップネタとして報道された。

このような状況を、一般大衆は批判的に見ていたこともあっただろうが、魯迅自身は外国の文化に触れたかったことが最大の理由であろう。優雅に見えた魯迅の生活も、上海時代、多くの同志が殺害されており、魯迅自身も暗殺の危機下にあったことは重要な点である。当時、外国美術に関する旺盛な翻訳、復刻、評論活動も始め、ソ連プロレタリアート文学理論を学び、紹介していく活動も行っていた。

文学革命と白話文

井上ひさしの戯曲「シャンハイムーン」に、次のような魯迅の語りがある。

「私は六種類の文章を書いてきた。まず、口語体の小説や翻訳。つぎに文語体の詩。それから雑文（雑感文）。中国小説史研究家としての学者臭い論文。日記、そして手紙」

このように魯迅は小説家であり、北京大学等で教える文学教師であった。

ところで、「文学革命」とは何であろうか。よく似た言葉に「文化革命」があるが、これは一九六六年以降に毛沢東《もうたくとう》が行った革命である。「革命」との名称を付けているので誤解されやすいが、「文学革命」とは話し言葉（口語）で書かれた文章の普及運動を指す。

中国では文語調が優れた文であるとされ、白話文を軽んじる傾向があり、同時に白話で書かれていた物語を程度が低いものとみなしていたが、話し言葉としての白話への転換を推し進め、言文一致を目指す運動が生まれた。これを「白話運動」といい、胡適《こてき》や陳独秀《ちんどくしゅう》らが理論を提唱し、魯迅が実践した。この運動によって、一般民衆にも文学がより親しみやすいものとなり、啓蒙運動の一翼を担った。よって、白話運動を「わかりやすい文章の普及（新文化運動）」という視点で見ることもでき、魯迅の文学活動もその流れにあるといえる。

そして、この運動は、白話（口語）の使用という文章上の改革にとどまらず、儒学思想を批判し、家族制度にもとづく古い価値体系を動揺させ、「五四運動」に影響を与えた新文化運動の一環をなしたので、一種の「情報革命」であった。

辛亥革命（一九一一年）後の新政府は、文語に対して国語文（口語の意味。ちなみに、中国で使用されている「語文」とは「現代文」の意味である）の比重を高め、国語の普及につとめる学校制度改革令（一九二二年）を公布した。

参考までに日本の「言文一致」運動を紹介する。

日本語の古典的な文体である文語は主に平安時代までに完成した。中世以降、次第に話し言葉との乖離《かいり》が大きくなっていった。明治初期に言文一致運動が起こった。思想・感情を自由・的確に表現するための文体革新運動である。二葉亭四迷《ふたばていしめい》、尾崎紅葉《おざきこうよう》らが各自の作品に試みてから次第に普及した。ただし、話した通りをそのままに文章として書くという意味ではないことに注意しよう。

もう少し追加する。譚璐美《たんろみ》の文章から意訳的に引用すると、芥川龍之介《あくたがわりゅうのすけ》は一九二一年に中華民国を訪問し、魯迅に会った。芥川自身は漢文の素養を持ち合わせていたが、魯迅とは筆談をしたらしい。魯迅が芥川の「鼻」を訳し、魯迅の「白話文」を読んだ芥川は、同行の記者に「自分の心地がはっきり現れている」と喜んだ。極めて簡潔で平易な言葉で、一言一句、実直に訳している上に、中国語にはない日本語の単語を注釈付きでそのまま取り入れてあった。その結果、中国人にとって意味不明の言葉が多くなり、難解だと感じられるようになったとのことである。

これまでもいわれてきたことであるが、魯迅の小説は難解である。文章がぎくしゃくしていて、読み心地が悪いというのが中国人の平均的感想である。比喩が多く、諷刺が利いて、古典の知識や農村の風習や芸能が盛り込まれていて、気軽に読める小説ではないとの意見もある。

最後に、余談だが、ある方から「原文『藤野先生』を書き下し文で書くことができますか」との質問があった。中国語を知らない私も「中国語の学術論文」を読んだことがあり、何となく読めるとの感想を持っていた。魯迅の原文を漢文調の小説と考え、書き下し文に変換できるのではと、長らく勝手に考えていたのである。恥ずかしい限りである。

魯迅の教育姿勢

魯迅が教育者であることは、中国でよく知られていることはすでに書いた。

杭州・紹興における魯迅の教育について——。

「杭州において」の丸尾勝の文はとても詳細で、参考になる。その一部を引用する（「杭州・紹興における魯迅の教育について——杭州において」中国言語文化研究第十一号から）。

「当時学生であった呉克剛も授業が生き生きとしてよかった、時には満場が大笑いすることもあったという。また、同じく学生であった許柏年は、その兄が魯迅先生に質問しに行くといつも嫌がらずに存分に答えてくれ、学生が完全にわかるまで説明してくれるので、学生は魯迅先生を尊敬していたと述べていたという。同じく学生の蔣蓉生（蔣謙）は、魯迅先生の部屋によく行きよく質問したが、これは他の先生との接触より少し多いという。そして、授業をいつもよく聞くので試験準備はあまり必要がないともいう。

さらに毎週か隔週に植物採集に魯迅先生に同行して親しくなったという。反対に、学生の傳惟安は、魯迅先生は課外に学生に話しかけることはなく、話す機会はほとんどなかったという。これは自分で先生を求めていかなかったからであろう。つまり、魯迅は授業の教え方がうまくその授業はいきいきとしていて、講義テキストは精緻な文章で要領よくまとめられ、教室の授業以外でも求めがあれば熱心に丁寧に対応していた。そして夜遅くまで机に向かっていた。こうして学生は魯迅を慕い尊敬するようになっていった」。

さらに、杭州における魯迅の教育思想を、顧明遠『魯迅―その教育思想と実践』から、引用する。

『魯迅の先生に対する接し方はこのようであり、自らも学生に対しても　また彼が先生を賛えたように身をもって整然と順序正しくいささかも倣《まね》ることなく、友達のように和気謂々として接していた。彼は『私はたしかに長い間、先生と教授をしています。しかし私は決して自分が学生の出身であることを忘れていません。それで、なにがきまりかといったことにはなんにも拘わりません』（魯迅書簡集）と言っている。魯迅は学生に出した問題は、すべて問いがあれば必ず答え、学生に向かって出した要求はおよそ筋が通っており、すべてに納得のいく方法が講じられていて、彼は文学青年のための雑役夫となって彼の半生の精力を消耗していた。（中略）このように提出したいくつかの文章から、われわれは、はっきりと魯迅の先生に対する、学生に対する態度をみてとることができる。彼はわれわれのために正しい師弟関係の模範をうちたてたのであった」。

おわりに

「『藤野先生』を継続的に顕彰する市民の会」は、何らかの形で故郷に対して貢献したいとの気持ちから、故郷のあわら市金津中学時代の同級生が中心となって立ち上げた。これまでに様々な活動を行ってきたが、活動の一環をこのような出版という形で具体化したことは誠に喜ばしい限りである。

当初予定していた方針でまとめることができたと思うが、資料・史料があまりにも多いことから、十分に書き尽くせなかった内容も多数あり、また、紙面の制限上、魯迅に関する説明は大幅に省略せざるを得なかった。参考にした本や資料の一部を巻末に書いたが、地元の山本正雄著『藤野先生と魯迅の思想と生涯―福井発の「師弟愛」を日中友好の絆に』が大変参考になった。本書は、私の力量不足で、誤りもあろうかと思う。ご指摘いただければ幸いである。

最後になったが、多くの日本人及び中国の先生方、友人たちに助けられて出版に至ることができた。まず当市民の会の会員である同級生、そして、山本正雄氏、竹越忠美氏、斎藤紀子氏、吉村尚子氏、青山恭子氏、徳丸俊夫氏、藤共生氏、後藤ひろみ氏、佐々木康男氏、水野忠和氏、山際豊重氏、小坂武士氏、堀田あけみ氏、八木秀雄氏、冨田京信氏、山口利明氏、藤野裕子氏、藤野恒男氏、平野治和氏、湯川直氏、森之嗣氏に感謝申し上げたい。

また、当市民の会の顧問で出版アドバイザーの津谷喜一郎氏、英文翻訳（『Professor Fujino（バベル・プレス）』の出版に際してお世話になった藤井健夫氏（〈一社〉明新会）、鉛筆画の岩永純氏、写真映像撮影の小川浩之氏、方言学のヘネシー・クリストファー氏並びに寄稿者の伊藤幸治氏、藤野幸弥氏に感謝する。

中国語解釈等で、大変お世話になった中国の方々は、左記のとおりである。

あいさつ文の陳艶勤氏、張幸氏（浙江省医学科学院前院長・福井大学医学部と浙江大学医学部との学術交流に貢献）、呉南翔氏（浙江省医学科学院衛生研究所長）、金鋒氏（同上高級実験師）、顧海燕氏（浙江省杭州市出身、元福井県研修員、福井市在住）、王雪妃氏（紹興市人民政府外事弁公室）、杜藍氏（元福井県ALT）、劉冬蓮氏（藤野厳九郎記念館）、朱暁霞氏（浙江省紹興市出身）、李梅氏（元福井県国際交流員）、裘士雄氏（紹興魯迅記念館前館長）、凌星光氏（福井県立大学名誉教授）。

＊

◎藤野厳九郎の感想文「謹んで周樹人様を憶ふ」

藤野厳九郎の感想文「謹んで周樹人様を憶ふ」が、「文学案内」一九三七年三月号に掲載された。次に全文を紹介する。

古いことで記憶がハッキリして居りません。私が愛知医学専門学校から仙台に転じましたのは確か明治三十四年の暮れでした。それから二年か三年して支那から初めての留学生として入学されたのが周樹人君でした。留学生のことですから別に入学試験を受けず、落第生三十人余と新入生百人程の中に只一人まじって講義を聴いてゐました。

周さんは身丈はそんなに高くなく、丸顔でかしこさうな人でした。この時代も余り健康な血色であったとは思はれませんでした。私の受持は人体解剖学で教室内ではごくまじめにノートをとって居りましたが、何しろ入学された時から日本語を充分に話したり、聞いて理解することが出来なかった様子で勉強には余程骨が折れたようでした。

で私は時間が終はると居残って周さんのノートを見て上げて、あの人が聞き違ひしたり誤ってゐる処を訂正補筆したのでした。異郷の空にそれも東京といふなら沢山の同胞留学生も居たでせうが仙台では、前にも云ひましたやうに周さん只一人でしたから淋しいだらうと思ひましたが別にそんな様子もなく、講義中は一生懸命であったと思ひます。

其の当時の記録が何か残って居りますと周さんの成績もよく判かるんでせうが、現在は何もありません。大して優れた方ではなかったと記憶します。

その頃私は仙台の空堀町と云ふ処に一家を構へて居りまして私の家へも遊びに来られたこともあったでせうが思ひ出すようなことはありません。逝くなった妻が居れば一寸は知ってゐましたでせうが、一昨年でしたが私の長男達也【恒弥が正しい】が福井中学校に居りました頃漢文の受持先生であった菅といふ人が、『君のお父さんのことが書いてあるから読んで御覧、若しそうであったら話を聞かせて貰ってくれ』と云って周さんの書かれた本を借りて帰へり見せてくれたことがありました。これは何でも佐藤とか言ふ人の訳でした。

其の後、半年程して菅さんが会ひに来られ、その話も出て周さんが支那に帰へられて立派な文学者になって居られることを承知しました。此の菅先生は去年死なれました。現在姫路師範の先生をしてゐる前田さんもこんな話をして居られたと聞きました。

話は前後しますが、周さんは学校をたしか一年程続けたきりで顔を見せんやうになりました。今思ひ出しますと何でも医学の勉強が心からの目的でなかったのでしたでせう。私の家へ別れの挨拶に来られたのでせうが、その最後の面会が何時であったか忘れてしまひました。私の写真を死ぬまで部屋に掲げておいてくれたさうですが、まことに嬉しいことです。

以上のような次第でその写真を何時どんな姿で差し上げたのか憶えて居りません。

卒業生なら一緒に記念撮影もするんですが周さんとは一度も写したことがありません。どうして手に入れられたでせうか。妻がお渡ししておいたのかも知れません。私もそう言はれるとその頃の自分の姿を見たいように思ひます。私のことを唯一の恩師と仰いでいてくれたさうですが、私としましては最初に云いましたように、たゞ、ノートを少し見てあげた位のものと思ひますが、私にも不思議です。

周さんの来られた頃は日清戦争の後で相当の年数も経ってゐるにもかゝわらず、悲しいことに、日本人がまだ支那人をチャンチャン坊主と云ひ罵り、悪口を云ふ風のある頃でしたから、同級生の中にもこんな連中がゐて何かと周さんを白眼視し続け除け者にした模様があったのです。

私は少年の頃、福井藩校を出て来た野坂と云ふ先生に漢文を教えて貰らひましたので、とにかく支那の先賢を尊敬すると同時に、彼の国の人を大切にしなければならないと云ふ気持がありましたので、これが周さんに特に親切だとか有難いといふ風に考へられたのでせう。このために周さんの小説や、お友達の方に私を恩師として語ってゐてくれたんでしたらそれを読んでおけばよかったですね。そして死ぬまで私の消息を知りたがっていたんでしたら音信をすれば、どんなに本人も喜んでくれたでせうに。

今となっては如何とも出来ません。残念なことでした。何しろこんな田舎に引込んで世間のこと、特に文学と云ふことに門外漢ですから何も知りません。それでも先日新聞で周さんの魯迅の死なれたことは新聞で読みました。

今初めて話を聴いて以上のことを憶ひ出したのです。

周さんの御家族はどうしていられませうか。子供さんはおいでゞせうか。

僅かの親切をそれ程までに恩誼として感激してゐてくれた周さんの霊を厚く弔ふと共に御家族の御健康を祈って已みません。

◎魯迅が蔣抑卮にあてた手紙　下宿先と監獄

魯迅が仙台の生活について、友人の蔣抑卮に手紙を書いているので、引用する。


さきに江戸より一書を奉じましたが、すでにお読みいただいたことと存じます。

あれから仙台に離れ住み、また一か月が過ぎました。形の影にそぐわぬごとく、いよいよ所在なさを覚えております。（中略）私は仙台の地にやってきて、中国の主人公たるべき意気ごみから、相当にへだたってしまい、残念に思われますのは、中国での種々のできごとを新聞紙上で目にするのみであることです。そぞろに故国を思い、将来を心配し、そこで、黒人が奴隷となっていった前車の鑑がかくも惨めであることを悲しみ、いよいよ嘆きが増すことであります。

（中略）（私の下宿に）ただ、日本の同級生で、訪ねてくる者がすくなからず、このアーリア人とつきあうことは、おっくうなことであります。私の気持ちを慰めてくれますものは、わずかに旧友の便りのみであります。この数日間、日本人学生社会の中へたち入って、ほぼわかりましたところは、思想・行為の点では、中国青年の上には居ないとはっきり言いきれることであります。ただ、社交の点では活潑で、彼ら日本人の方が長じていると言えましょう。

楽観的に考えますと中国の始祖黄帝（著者註：黄帝は、神話伝説上の八代の治世を継ぎ、その後、中国を統治した五帝の最初の帝である［紀元前二五一〇年～紀元前二四四八年］）の霊も飢え嘆くことはないでありましょう。（中略）風景は好いのですが、下宿は全く劣悪です。（中略）いま住んでいるところは月額たった八円です。人通りが前にあり、日がうしろから射します。毎日食べさせられるものは、いつも魚ばかりです。（中略）学校の勉強はたいそう忙しく、毎日、息つく間もありません。朝七時に始まり、午後二時に終ります。私は寝坊ですのでこれが全くなやみのたねです。受けている授業は物理・化学・解剖・組織・独乙などの学で、どれもみなとても早くすすみ、応接にいとまがありません。組織・解剖の二科目の名詞はみなラテン語とドイツ語を併用しますので、毎日かならず暗記しなければならず、あたまがとみに疲れます。しかし教師の言うことはよくわかりますので、さいわいに卒業できましたなら、人を殺す医者にはならないであろうと自分で思っています。

人体解剖もだいたいひとわたり見ました。私は自分の性はすこぶる酷薄であると信じていましたが、解剖した人体を見たあと、胸がむかつき吐き気がして、その形状が長い間目にやきついてはなれませんでした。

（中略）在校生たちはみなよくしてくれ、学校の待遇もまずまずです。ただ、学費を納めに行きましたところ、受けとってもらえず、むこうが受けとらない以上、私は遠慮しませんでした。その金は夕方になって時計に化け、私のふところに入りましたが、またよいもうけものでありました。（中略）学校の勉強は、暗記ばかりをもとめられ、自分で思索することがなく、学びはじめて間もないのに、あたまがもう固くなってしまったようです。四年の後にはおそらくデク人形のようになってしまいましょう。（中略）

蔣抑卮長兄大人の進歩をたたえます。

弟　樹人　申す　八月二十九日

◎郷土の詩人中野重治

「魯迅」を語る時、郷土の詩人である中野重治を抜きには語れない。

中野は、一九〇二（明治三十五）年福井県丸岡町（現・坂井市）に生まれ、福井中学校（現・藤島高校）を卒業後、第四高等学校（金沢）、東京帝国大学（ドイツ文学）に進んだ。プロレタリア文学運動に専念し、詩や評論を発表した。昭和七（一九三二）年に、治安維持法違反で逮捕され、収容された。昭和九年、政治運動から身を引くことを条件に刑務所から出所した。いわゆる「転向」である。

第二次世界大戦後は民主主義文学者の結集に努力、新日本文学会の発起人となった。『中野重治詩集』（35）、小説『歌のわかれ』（39）、『むらぎも』（54）、『甲乙丙丁』（65〜69）、評論『斎藤茂吉ノオト』（40〜41）がある。魯迅とは直接面識はないが、魯迅の著作（日本語訳）を読んでおり、数々の魯迅関連の文章を残し、『中野重治全集』に収められている。魯迅は、晩年、編んだばかりの版画集『ケーテ・コルヴィッツ版画集』を中野に贈呈した。これは、転向後中野に対する魯迅の変わりなき連帯、熱い激励以外の何ものでもなかった。中野は「魯迅」のことをほとんど全く知らなかった。しかし、魯迅は「中野」を見ており、「転向」のことも知っていた。中野は、一九三七年には『魯迅先生』を、一九三九年には『魯迅伝』を書いた。

「藤野先生」についても触れており、「藤野先生が郷里の福井で医者をしておられ、魯迅が自分の教え子の一人であることなぞを全く知らずにいられた。（中略）私にとってはそのことが非常におもしろかったばかりでなく、藤野先生の在所（著者註：両生家の距離は十キロ）が偶然（これはほんとの偶然）私の郷里であることが一種の感動でもあった。私は、私自身も一度藤野先生を訪ねたいものだと思った。また藤野先生を訪ねるべき用事（？）のようなものもないわけではなかった。しかし、それは果たせずにいる。もし新しい魯迅伝ができれば、それをもっとも喜ぶ人の一人はほかならぬ藤野先生だろう」と述べ、「魯迅と藤野先生」に急接近してきた。

◎**学制（教育制度）**

我が国の近代教育制度（学制）は、財政、兵制とともに、近代化のための必須条件であった。一八七一（明治四）年七月に廃藩置県を行い、子供たちの教育を重視し、一八七二（明治五）年八月に「学制」を発布し、当時まだ寺子屋や私塾も残っていたが、その存続も認めていた。「学制」の構想は、初等教育から高等教育までの大計画であり、特に初等教育を重要と考え、全国に小学校、中学校等を作り、人材育成を目指した。

その後、学制では全国を八の大学区に分け、それをさらに中学区 小学区に細分し、各学区にそれぞれ一校ずつの大学、中学、小学を設置すると構想したが、実現可能なものではなかった。翌一八七三（明治六）年に学制の条文を追加して、大学のほか、外国人教師によって教授する高尚な学校を専門学校と称した。しかし、数年のうちに専門学校は大学以外の様々な分野における高等教育機関の総称となった。

一八七五（明治八）年頃には、福井県内に六つの大規模小学校が存在し、その一つが平章小学校であった。内容は、満六歳から九歳までの半年毎に、八級から一級に分けられ、科目として、綴字、書取、習字、算術等であり、また、満十一歳から満十三歳では、作文などがあった。一八七二（明治五）年、学制発布当時の小学校の就学率二十五%、魯迅来日の一九〇二（明治三十五）年は九十二%、一九〇九（明治四十二）年には九十八%であった。

入学対象を平民、農民、男女を問わずとし、小学校の卒業資格は一年間に四ヵ月の就学、二年間で卒業できたが、早急な政策であった。理想に燃えた内容であったことから、その後、この制度は、廃止となった。

◎医制（医学制度）と医学教育

明治政府は一八七〇（明治三）年に、ドイツ医学の公式採用を決定。多数のドイツ人教師を招聘して、主として東京大学、その前身校において医学教育が行われた。

明治七年「医制」発布され、近代的医療制度の確立が図られ、我が国の医師法と医療制度の根源をなすもので、総則、医学校令、教員並外国教員職制、医師の開業制度、産婆、鍼灸、薬舗及び売薬等規定している。

明治初期は従来開業の者にも申請により医師開業が認められた。また、医師免許を得るためには開業試験に合格する方法が残された。医師の開業免許は、医制第三十七条に規定があり、「医学校の卒業証書及び内科、外科、眼科、産科等専門の科目を二ヵ年以上修得した証書の所持者を対象に試験を行い、その合格者に免許を与える」の規定に基づいた。これは大正期に消滅した。

明治中期以降は、西洋式医学を教育する専門医学校を卒業して免許を取得する傾向が強まった。東京帝国大学医科大学（医学部）というアカデミックな組織も存在し、その後、多くの医学専門学校は、京都大学や東北大学に所属した医科大学（医学部）とする帝国大学医学部に発展改称した。厳九郎の時代の医学の道は四通りであった。①帝国大学医科大学（一校）②高等中学校医学部（五校）③府県立医学校（三校）④私立医学校、である。愛知医学校は③に該当する。

一八八六（明治十九）年に森有礼《もりありのり》文部大臣は諸学校令を公布し、医学教育制度の大改革を行った。中学校令は、我が国の教育制度で、はじめて統一的基準で設けられた。尋常中学校（修業年

限五年　公立）と高等中学校（修業年限二年　官立）二種類の中学校である。後者の入学の基準は、前者の卒業程度とされていた。

東京大学は五つの分科大学をもつ日本の唯一の帝国大学となり、医学部はその医科大学となって、大学院も設置された。また、藩校時代に設置されていた地方の医学校はおおむね廃校となり、五校（千葉、仙台、岡山、金沢、長崎）のみが官立に移管されて、高等中学校の医学専門部になった。また、経営基盤の安定している京都、大阪、愛知の三校が公立として残った。

一方、中学校令により中学校は高等　尋常の二等に分けられた。高等中学校は文部大臣の管理に属し、全国に五校設置された。高等中学校では、帝国大学に入るための予備教育を行うとともに、専門学部をおいて専門教育も行った。その後名称の変更があり、一八九四（明治二十七）年に高等中学校は高等学校となり、一九〇一（明治三十四）年にその医学部は、官立の医学専門学校と改称された。例えば、第二高等学校の中に医学部が独立して、仙台医専となった。さらに、一九〇三（明治三十六）年に帝国大学　高等学校　高等師範学校以外のすべての高等教育機関を専門学校として位置づける「専門学校令」が出された。一九〇六（明治三十九）年に医師法が施行され、医師の免許資格を規定し、大臣の免許を受けることとされ、一九一四（大正三）年に医術開業試験は廃止された。

以上をまとめると、明治の中期までは、幕末から引きずっていた「医師の身分・資格」をどのように変革するかであり、医術・医学を職業的位置づけから、より高度な大学に通じる教育システムの採用の二本立ての教育制度であった。具体的には、医学専門学校・高等中学校医学部や帝国大学（医学部・医科大学）である。

現在は、医師になるには医学部を卒業することが必須であるが、明治期は学制や医制が頻繁に改正され、非常にわかりにくい制度だった。一八九一（明治二十四）年には第一回医術開業試験が行われ、必ずしも医系の学校に進学しなくても、免許を取得できた。

次のように考えたら理解しやすいだろう。まず、明治期の「初等」「中等」「高等」の意味は、現在でいえば、「小・中学校」「高校」「大学」の区分にあたり、帝国大学を頂点とし、その下位に「予科（予備校）」、別コースとして「専門学校（実務学校）」を配置した。当初は東京帝国大学のみであったが、その後、京都帝国大学、東北帝国大学などが加わった。「専門学校」は、工業系・医学系などの実務学校である。〇〇高等中学校医学部及び医学専門学校はほぼ同じレベルの教育機関であるが、〇〇帝国大学医学部は、帝国大学の組織であるので学術的レベルが高いと評価される。その結果、医学系学校は、帝国大学に組み入れられて教育すべきとの考えが生まれてきた。

◎医学系留学生の実態

当時の日本における医学系留学生の状況を、明治後期から昭和初期の千葉医学専門学校（一九〇一～一九二二年。以下、「医専」と略す）、千葉医科大学（一九二三～一九四九年。「医大」と略す）の報告書をもとに医学系留学生数の変遷、出身国別・地域別の変遷、卒業後の進路などを概要の他、全国の状況を調べた。

まず、留学生全体でみると、一八八〇年代は朝鮮の若者が多く、全期間では中国人が圧倒的多数であった。「千葉」は特別な状況にあった。仙台や金沢などと比べ、千葉は非常に小さな町であるにもかかわらず、もっとも多くの留学生を引き受けている。それは、東京に近く、明治政府が特別優遇を行ったからである。つまり、千葉に医学学校を設立し、大量の留学生を受け入れた結果、中国の医学校教員を非常に多く輩出し、草創期の近代中国医学教育の発展に大きな貢献をした。

留学生数は日露戦争後に急増した。特に一九〇八（明治四十一）年から「五校特約（前述。簡単にいえば、留学生用の特別定員枠）」により、それ以降の十五年間に毎年十名の中国留学生入学枠があった。留学生は定員外での設定であったが、一九二三（大正十二）年にこの制度が廃止された。

文部省直轄学校に在籍した中国留学生数が一九〇七（明治四十）年時と一九一四（大正三）年時でどう変わったかで比較した。その結果、一九〇七年における直轄学校在籍者は三百六十八名で、東京高等工業学校（現・東京工業大学）が七十三名でもっとも多く、医科系では、十八名が在籍していた千葉医専が他を大きく引き離して第一位であった。

千葉の文献によると、留日中国医学生の出身校は以下のとおりである（一九二九［昭和四］年まで）。

千葉医大　百五十四名　二十％
長崎医大　百二名　十三％
東大医学部　九十名　十一％
東京医専　六十二名　八％
東京女子医専　六十二名　八％
九大医学部　三十七名　五％
東北大学医学部　二十名　二％
金沢医専　十名　一％

◎魯迅が尊敬する三人の先生

本書で、魯迅は「教育者」であることはすでに書いてきた。顧明遠《こめいえん》（中国教育学会会長）によると、魯迅は三人の先生のことを書いている。これらを読むと魯迅の「教師像」が見えてくる。

寿鏡吾先生

寿鏡吾《じゅきょうご》は、三味書屋の先生で、魯迅が十二歳の時から十七歳までここで学んだ。この時の読書生活の様子は、魯迅の随筆「百草園から三味書屋へ」の中に詳しく描写されている。魯迅は当時の封建主義教育制度と棒暗記の教え方にたいへん批判的で、この随筆の中でありったけの批判をしている。しかし彼は、寿鏡吾先生をとても尊敬していて、恩師の剛正な人となり、厳しい教え方を、「紹興城内のもっとも方正・素朴・博学の人」であると認めている。

藤野先生

魯迅がもっとも懐しく思っていた先生は、日本の仙台医専の藤野厳九郎であった。彼を記念するために、魯迅はとくに一編の散文「藤野先生」を書いている。これはまた教師への心をこめた頌歌《しょうか》（ほめたたえる歌）である。厳九郎は学問に対して謹厳な、偏見のない正直な学者である。厳九郎は、どの民族に対しても偏見をもたず、彼の魯迅に対する教育は厳格であった。実事求是の態度をもって科学に立ち向かい、魯迅に対してもたいへん細かい心づかいをしていた。その偉大な精神と高潔な人となりとは、教師としてもっとも貴いものである。

章炳麟（太炎）先生

魯迅は日本留学中、章太炎の講義を聴きに行ったのは「彼が学者であったからではなくて、彼が学問のある革命家であったからである」と語っている。章は、清王朝に反対する革命精神をもち、革命のこころざしは最後まで屈することがなかった。このことに心から敬服し、先哲の精神、後世の模範と考えた。弟子に向かって決して傲慢な態度をとったことはなく、和気藹々《わきあいあい》としていて友達同士のようであった。その気安く接する民主的な気風と態度に対して、魯迅は敬服した。

◎**夏目漱石著『クレイグ先生』と魯迅の『藤野先生』**

漱石の『クレイグ先生』と魯迅の『藤野先生』に、いくつかの共通点がみられることで、似た作品だという指摘がある。例えば、異国において親しく教えを受けた恩師の存在と、後年になって述懐していること、両名とも服装には無頓着であったところも似ているなどである。その他に、方言で話す（藤野先生は福井地方の抑揚であり、クレイグ先生は強いアイルランドなまりである）ことや、性格は〝変わり者〟であるらしいこと。両者とも独特で、敬愛すべき人柄であることなどである。

魯迅は、日本文から中国文への多くの翻訳を行っているが、漱石の『クレイグ先生』を中国語に翻訳（克莱喀先生）して、弟 周作人編で『日本小説集』として出版した。周作人は、これを「素晴らしい出来栄え」と評価している。平川祐弘は、これら二つの作品にみられる類似性から、「創造的模倣」（周作人の用語だという）との評価をし、また、「刺激的伝播の心理的作用」とも書いている。

魯迅が一体漱石からどのぐらいの芸術的な滋養を吸収したかに関して、周作人は、「豫才（魯迅の幼名）が後日作った小説は漱石の作風に似てはいないけれども、その嘲笑中の軽妙な筆致は実に漱石の影響を相当強く受けているものである」と語っている。換言すれば、自主的に日本の文化・文学を受け入れた魯迅にとって、漱石はやはりもっとも大きな存在であろう。魯迅と漱石はいくつかの実際の関わり、影響関係が存在しているだけでなく、（中略）根本においては共感し理解できるところ、つまり共通点があるだろう。

◎魯迅の思想や考え方

魯迅の思想・考え方が、わかりにくいといわれることがある。和訳の問題もあるが、翻訳者の力量の問題ではなく、読者の読解力不足とも異なる。それを「鉄の部屋」と「溺《おぼ》れた犬を叩く」の例で考えてみよう。

「吶喊　自序」にいわゆる「鉄の部屋」の話が掲載されている。

内容を要約する。鉄の部屋があると仮定する。たくさんの人間が熟睡している。鉄の壁が頑丈で壊せないので、このままでは、彼らは窒息死するが、眠ったままであれば、苦しむことはない。魯迅はここで質問をする。今、君（魯迅に執筆を依頼している編集長）たちが声を上げて起こしてしまった時は、起こされた人間たちは苦しみながら死んでいくとする。それでも君（編集長）たちは、彼らを起こすのかという。

編集者が、魯迅に執筆依頼することは、熟睡している者を起こすことになるが、それでもいいのかとの質問である。

この「鉄の部屋」は、もう救いようのないほど落ちぶれてしまった「中国」を指し、「眠っている人たち」とは、当時の中国人を指す比喩である。魯迅は、声を上げないで、眠らせておくことを選択した。すなわち中国と中国人を見捨てることを選択した。すると、友人（編集者）は、確かに、今、彼らを起こせば、彼らは苦しむことになるだろうが、覚醒させられた彼らが起きて力を合わせ、鉄の部屋を壊す行動をとるかもしれない。このような希望がある。ここで君が立ち上がらないなら、すなわち、魯迅が執筆しないのなら、鉄の部屋を破壊しようとする希望を棄てさせたことになると反論し、破壊につながる行動である万が一の希望を放棄するのかと、魯迅に迫り、その責任は君（魯迅）にあるといった。魯迅は反論できなかったので、執筆することになったと、執筆の理由を書いている。ここで、希望を棄てないと書いているが、では、希望とはどのようなものか。それは、「故郷」に書かれている。

短編集「故郷」の中で「思うに、希望とは、もともとあるものだともいえぬし、ないものだともいえない。それが道になるのだ」と書いている。つまり、「鉄の部屋」の例は、絶望的な状態で、苦しむことがあっても、一途の「希望」があるので、執筆するということである。

「溺れている犬を叩く」の話は、逆に非常にわかりやすい例である。一九二六年、魯迅が反革命派によって占められた北京を逃れ、南下するときに、反革命一派を「犬」と呼んで憎んでおり、この連中を「悪人」と評価し、この一派に「情け・容赦」もかけるべきではないと魯迅は考えた。このような発言に対し、弟の周建人や（白話運動家の）林語堂は、「報復するな」「悪に対するに悪をもってする勿れ」と、反革命派を擁護する考えを示した。これに対し、魯迅は、「水に落ちた犬を打て」との革命原則を示した、つまり、「フェアプレイは時期尚早」であるとの考えを示した。魯迅はこのように厳しい・非情な人物でもあるので、周健人のように一般的な常識で考えてはいけない。

◎毛沢東による「聖人」発言

魯迅は文化大革命中において、毛沢東から「中国文化革命の主将」とか「中国でもっとも硬い骨」と称えられたり、空前の民族英雄と持ち上げられ、上海の魯迅公園に作られた銅像つきの巨大な墓に埋葬された。毛自身による揮毫を備えた「魯迅墓」は、それこそ、魯迅公園の記念碑(シンボル)となっている。このように、魯迅は、国民的作家というだけでなく、革命的文学の旗手であり、中国を代表する文豪とみなされる存在になった。

毛沢東は、延安にできた魯迅芸術学院の開校式で、次のように魯迅を評価した。「魯迅は共産党員ではない。魯迅は共産主義者ではないが、而も魯迅は現代の聖人である。魯迅精神なくして中国を救うことは出来ない。吾々は未だ若い。魯迅を吾々の師と仰ぐ」と。続けて、「今度の革命の先頭に立って、旗を振った者は魯迅である。魯迅は大文学者であった。魯迅は大思想家であった。魯迅の骨は硬かった。魯迅は金力にも権力にも負けなかった。武力にさえも屈しなかった。魯迅の歩いた方向は正しかった。青年よ、魯迅の足跡を踏め」。さらに、毛沢東は、

「魯迅の中国における価値は、わたしの考えでは、第一等の聖人と見なさなければならない」と述べ、故人を「聖人化」するとともに、その政治的利用化を図った。

◎**最近の中国における魯迅作品の掲載**

中国における魯迅作品の教科書への掲載について調べた論文によると、一九五〇年には、魯迅の作品は採用されているが『藤野先生』はない。『藤野先生』が採用されたのは、一九八〇年代であるが、正確なことははっきりしない。また、中国で魯迅の著書が学校の教科書から少なくなっているとの話題は、二〇〇〇年頃には出てきていた。その理由は、百年以上前の出来事で、文章も少し古いため、新しい書籍の掲載も必要らしい。また、最近聞いた話では、若い中国人に『藤野先生』を知らない者も多いらしい。

参考文献・引用論文

仙台市・あわら市での詳細な記録

阿部兼也『魯迅の仙台時代―魯迅の日本留学の研究』（東北大学出版会、一九九九年十一月）
仙台における魯迅の記録を調べる会『仙台における魯迅の記録』（平凡社、一九七八年二月）
魯迅・東北大学留学百周年史編集委員会『魯迅と仙台』東北大学出版会
藤野先生と魯迅刊行委員会編『藤野先生と魯迅』東北大学出版会
魯迅生誕110周年仙台記念祭実行委員会編　魯迅生誕110周年記念

魯迅・藤野先生の関連書籍

藤井省三『魯迅事典』（三省堂、二〇〇二年）
藤井省三『魯迅と日本文学―漱石・鷗外から清張・春樹まで』（東京大学出版会、二〇一五年）
さねとう　けいしゅう『中国留学生史談』（第一書房、一九八一年十月）
霜川遠志『戯曲・魯迅伝』（而立書房、一九七七年）
顧明遠著　横山宏訳『魯迅　その教育思想と実践』（同時代社、一九八三年）

林叢『漱石と魯迅の比較文学研究』（新典社、一九九三年）
須永誠『太宰治と仙台　人・街と創作の接点』（河北新報社、二〇一九年）
北岡正子『日本という異文化のなかで―弘文学院入学から「退学」事件まで』（関西大学出版部
　白帝社、二〇一五年）
上野恵司『ことばの散歩道Ⅵ　きょうは漱石、あしたは魯迅』（白帝社、二〇一五年）
寺島実郎『二十世紀と格闘した先人たち―一九〇〇年　アジア・アメリカの興隆』（新潮文庫、二
　〇一五年）

あわら市地元関係書籍

坪田忠兵衛『郷土の藤野厳九郎先生』
坪田忠兵衛『あわらの藤野先生』
泉彪之助『魯迅と藤野厳九郎』（福井県芦原町教育委員会）
泉彪之助『魯迅と藤野厳九郎　芦原町惜別』（百年記念誌から）
福井テレビ「魯迅その生涯　海を越えて」（二〇〇四年六月）
山本正雄『藤野先生と魯迅の思想と生涯―福井発の「師弟愛」を日中友好の絆に』（橋本確文堂、
　勝木書店、二〇〇六年）
加来耕三／監修　後藤ひろみ／原作　中島健志／作画『藤野先生と魯迅　海を超えた師弟の交流

日本と中国の絆』（ポプラ社、二〇一八年）
中野重治『魯迅』「中野重治全集」第二十巻所収（筑摩書房、一九九七年）
永吉雅夫『「戦時昭和」の作家たち―芥川賞と十五年戦争』（青弓社、二〇二〇年）
『伊藤慎蔵と藤野厳九郎の書簡』大野市歴史博物館所蔵　十七編
緒方洪庵の手紙その2「藤野升八郎あて」緒方富雄編（菜根出版、一九八〇年）
藤野恒三郎『医学史話　杉田玄白から福沢諭吉』（菜根出版、一九八四年）

引用論文

『仁愛女子短期大学研究紀要』第二十六号、藤野恒男「藤野厳九郎小伝」（一九九三年）
『文学案内』藤野厳九郎「謹んで周樹人様を憶ふ」（一九三七年三月号）
『日本医史学雑誌』第三十巻四号、泉彪之助「藤野厳九郎の学歴とその時代的背景」（一九八四年十月）
『日本医事新報』第三三五七号、泉彪之助「藤野厳九郎の生涯」（一九八八年）
泉彪之助『福井における藤野厳九郎』藤野厳九郎記念館資料
『日本医事新報』第四三三七号、竹田亮祐「中国の西洋医学専門学校設立に貢献した魯迅の友厲綏之」（二〇〇七年）
『奥越史料』第七号、岩治勇一「大野洋学館教授　伊藤慎蔵の書翰」（藤野家文書附　内山家文

書（一九七八年）
『若越郷土研究』第六十三巻二号、沖久也「グリフィスの福井時代の学生たち（二）－山形仲芸－」福井県郷土誌懇談会（二〇一九年）

著者プロフィール
松井 利夫（まつい としお）

1950年、福井県坂井郡金津町（現あわら市）生まれ。
福井県立藤島高校卒、富山大学薬学部卒（薬剤師）、医学博士（福井医科大学：現福井大学医学部）。
福井県衛生研究所他にて勤務・退職、かなざわ食マネジメント専門職大学教授（現在）。
「藤野先生」を継続的に顕彰する市民の会代表
著書：『温泉・森林浴と健康―自然の癒しから未病予防医学へ』（大修館書店、2019年、共著）、『日本の温泉』（朝倉書店、2020年、共著）、
Professor Fujino（Babel Press USA, 2022）。
メール：tmfukuijapan@gmail.com

著者近影

魯迅『藤野先生』を５倍楽しく読む本

2023年７月15日　初版第１刷発行

著　者　松井 利夫
発行者　瓜谷 綱延
発行所　株式会社文芸社
〒160-0022　東京都新宿区新宿1－10－1
電話　03-5369-3060（代表）
03-5369-2299（販売）

印刷所　株式会社フクイン

ISBN978-4-286-25039-7